妹は呪われし人形姫
人間を恐れる兄は、妹の呪いを解くため立ち上がる

雨谷夏木

MF文庫J

口絵・本文イラスト●にもし

一章　とある一人の人形趣味《ドールマニア》

この国では時折、無残にも道端に捨てられた人形を目にする機会がある。
街の住人がそれらに向ける視線は憐《あわ》れみではなく、野犬の死骸《しがい》に向けるそれに近い。
この国オブリエでは、人形は忌み嫌われている。
だからこそ人形が好きな人間は。
――「異端」、なのである。

○

ジン・ルイガの部屋は、ありとあらゆる場所が人形で埋め尽くされている。
その種は多岐にわたる。かわいらしいぬいぐるみ。年季の入ったアンティークドール。

もう動く機能の壊れた自動人形《オートマタ》。果てには、拾った覚えのない人形まで。人形に囲まれたその部屋のベッドに、ジンはうずくまっていた。その様子を見た者は顔をしかめてしまうかもしれない。

それはジンが男であるからではなく、人形が好きだからという理由からだ。

オブリエでは、十九世紀より悪魔を封じるための依《よ》り代《しろ》として人形《ドール》が使用されてきた。そしてその封印方法は、五十年経《た》った今も続いている。

悪魔を封ずるために使用される人形を愛《め》でて傍《そば》に置きたがる人間の気持ちが、男も女も関係なくそもそも誰にも理解できないのだ。

だから、ジンが学校で奇異の目を向けられ孤立してしまうのも無理のない話であった。しかしジンはとある理由で、そんな人形のことを手放せなくなってしまっていた。

「ベヤ。今日あったことを聞いてくれるか」

ジンは、ベヤと名付けてかわいがっているテディベアを優しく抱きしめる。

二年前の事件で両親を亡くして以降、ジンは人間と上手《うま》く話せなくなってしまった。その代わりにジンは、人形となら話をすることができた。

ジンの根底には、話がしたいという思いが強くあった。それが、人間相手だと上手くいかないだけで。

「――それで。アインは野菜が苦手だけど、濃い味付けにすると残さず食べてくれるんだ。

うん。え？　塩分過多に気を付けろって？　ああ。実は、ばれないようにちょっとずつ味を薄くしてる最中だ」

ジンは、ベヤの右腕の付け根辺りがほつれていることに気が付いた。

「あとで縫ってやるからな」

しばらくベヤと話していると、部屋の扉が控えめにノックされた。

「入るよ？　兄さん」

遠慮がちに開いた扉の隙間から顔を出したのは、ジンの妹、アイン・ルイガ。

「ちょっと。換気してないでしょ？　肺にカビ生えるよ！」

いつも通りなにも言わない兄に構わず、ずかずかと人形まみれの部屋に足を踏み入れたアイン。彼女は力強く窓を開け放った。

「まあ、肺には生えなくても、人形の衣装にカビ生えたら嫌でしょ？」

「……ん」

小さく言いながら、目の端でアインの姿を捉えた。

誰も足跡を付けていない雪原のような白い肌。儚《はかな》げな柳眉《りゆうび》。華奢《きやしや》な猫のように狭い額。細雨のような銀の髪。濁りのない碧眼《へきがん》。美しい鼻筋が目立つ。

「ねえ、兄さん」

反応の薄い兄に嫌な顔一つせず、アインが続ける。

「私、今からちょっとだけミラちゃんとロイくんと遊んでくるから」

「……ああ」

ジンは、自分を見る度になぜか睨《にら》んでくるロイに苦手意識を持っていた。

「あ。またベヤちゃん独り占めしてる」

ジンが抱いているテディベアを指さすアイン。

「ベヤちゃん、私にも抱きしめさせてよ」

「……今度な」

しつこく話しかけてくるアインに、ジンは渋々といった風に、聞こえるか聞こえないかわからないほどの小声で答える。

「ねぇねぇ、豆々《まめまめ》さんの頭撫《な》でていい？」

「……？」

「芋虫の子だよ」

また変な名前を付けたのかと、ジンが心中で嘆息。

「部屋にこもりきりでいると、兄さん悪魔になっちゃうよ」

「……ああ」

「ああ、って……。もう、たまには私も構ってよ」

腰に手を当て、アインが大仰に息を吐く。

「あ。そういえば今日、下校中にあそこ寄ったんだけどさ。なんとそこにね——」

やかましいからそろそろ出ていってくれ。そう言うため、ジンはやっとアインの方に顔を向ける。ジンの顔からは生気が抜けきっていたが、彼と目が合ったアインはなぜか少しだけ微笑《ほほえ》む。

「ううん、やっぱりなんでもない。じゃあ、日が暮れるまでには帰るから。兄さんも散歩くらいしたら？ なにかいいことあるかもだよ？」

そう言い残し、アインはひらりと手を振り部屋を出ていってしまった。

開け放しにされたままの扉から見える妹の背に向かって、小さくジンが言う。

「……ごめんな」

○

ジンの両親は人形屋を営んでいた。

人形屋への当たりは強く、進んでその道を選ぶ者は少ない。

だが、悪魔を封じるために人形が必要なのも事実。人手不足を解消するため、オブリエは人形屋に対して多額の助成金を出している。

ジンが生まれる直前、彼の父親は元居た会社が倒産し、職を失ってしまった。元々手先の器用な父は、これから生まれてくる子と病気がちな妻のために、人形屋を営み始めた。

小さな頃から人形に触れてきたジンは、人形のことを愛してやまない人間へと育っていったのだ。

そんな家族への世間の視線は冷たかったが、それでも四人は仲睦《むつ》まじく暮らしていた。


ジンは、人間の中で唯一、妹のアインにだけは心を許している。

しかし彼は、意識的に彼女から距離を置くようにしていた。

二人は同じハイスクールに通っているが、アインは隙あらばジンと一緒に登下校をしようとするし、学校で見かけると必ず笑顔で手を振ってくる。

そんな彼女のことを、ジンは心配していた。

アインは自分とは違って、明るく活発で、友達《ともだち》が多い。そんな彼女と爪はじき者である自分が関わるべきではない。自分のせいでアインまで好奇の目に晒《さら》されるのは、耐えがたかった。

初めは、アインに対して家の外だけで壁を作っていた。だがいつしかジンは、殻にこもるうちに家の中でも彼女を遠ざけるようになってしまう。

それでも、優しいアインは兄を気にかけて毎日明るく話しかける。

そんな彼女を拒絶する度、ジンの心に自己嫌悪が積もり、更に二人の心の壁は分厚くなる。しかしその壁は、ジンが一方的に作っているものだ。

人間に対して心を閉ざしてしまったことも、アインとの間に歪《いびつ》な距離が生まれてしまったことも、ジンは全て自分の責任だと考えていた。

——そして、両親が死んだことも。

○

リビングのガラス戸から差し込む日に照らされながら、ジンは手際よく二人分の夕食を作ってしまった。料理は当番制にしており、今日はジンの番であった。

もう少し家事をしようと思い立ち、ジンは洗濯物を取り込み、玄関に飾ってあるスイセンの水を換えた。時計を見ると、まだ十八時にもなっていない。

人に会わないように少しだけ散歩でもして、アインが戻る前には帰ってこよう。

玄関に鍵をかけて一歩を踏み出したとき、視界の中に見慣れぬ物が映り込む。

そこに置かれていたのは、随分と古び、錆《さ》び朽ちた鳥籠。

だが、ジンが興味を引かれたのは鳥籠ではない。

「これは……」

鳥籠の中には、閉じ込められるようにして一体のアンティークドールが入っていた。

透き通るような磁器製の肌。未《いま》だ艶を失わないブロンドの髪。銀河をそのまま内包したかのようなガラスの黒い双眸《そうぼう》。全てを吸い込んでしまいそうな漆黒のゴシックドレス。

ジンは、その人形に目と心を奪われてしまう。

一見すると普通のアンティークドールのようだが、風変わりな点が一つ。

その人形の右手に、なにか太い棘《とげ》のようなものが刺さっていたのだ。

鳥籠に囚《とら》われた人形に抱くジンの感情は、畏敬や愛《いと》しさは勿論《もちろん》だが、それよりも恐怖や不信感のほうが上回っていた。

だが、人形趣味《ドールマニア》の性《さが》ゆえか。怪訝《けげん》に思いながらもジンはそのアンティークドールから目が離せない。

「この人形《ドール》……」

目を凝らし、じっくりと人形を観察するジン。

人形趣味《ドールマニア》のジンは、そのアンティークドールが発する雰囲気が異質であることに気が付いていた。

「呪形《カースドール》じゃないよな……？」

○

「呪形《カーズドール》とは決して話してはいけないよ。特に、悪魔がいる呪形《カーズドール》は本当に危険だからね」

それは、ジンの父が口を酸《す》っぱくして言っていたことだ。

悪魔による魔力を受けて呪われた人形や、悪魔が封じ込められた悪《あ》しき人形——それが呪形《カーズドール》。

規定により、危険な呪形《カーズドール》は大抵教会等の神聖な場で保管される。

しかし、物好きの呪物コレクターやいきすぎた人形趣味《ドールマニア》、はたまた、呪いや悪魔の力をどうにか悪用できないかと画策する裏稼業の者まで、一部では需要が発生している。

「悪魔とは決して契約を交わしてはいけない。彼らの言葉に耳を傾けてはならない。彼らと長時間話をすると、人形憑き《ドーラー》となり、果ては悪魔となってしまうから」

学校でも、悪魔や呪形《カーズドール》の危険性は嫌というほど教わる。

魔界に住む悪魔は、人間の暗い感情を求めて現世へとやってくるのだと。

真剣な表情で、父はジンとアインに言い聞かせる。

「彼らと契約を結べば、悪魔は人間の願いを叶《かな》えてくれる。だが、絶対に契約をしてはならない。やつらは大きな代償を求めてくるからだ。それに、契約が成立すると悪魔に体を乗っ取られてしまう可能性も高くなる。契約さえしなければ、基本的に悪魔は呪形《カーズドール》に封じられたままだ。……まあ一つ言えるのは、悪魔が封じられているかいないかに関わらず、呪形《カーズドール》とは関わらない方がいいってことかな」

父のこの話を聞く度にアインは怯《おび》えていたが、ジンはそうではなかった。ジンは、悪魔よりも人間の方が怖いからだ。

ジンは両親を、悪魔のような人間に殺されたのだから。

○

「つ、連れてきてしまった……」

人形の入った鳥籠を胸に抱えながら、ジンは鍵を閉めた玄関に背を預け、ずるずるとその場に座り込む。

「お前、辛《つら》い目に遭ってきたんだな」

鳥籠の中の人形を、優しい瞳で眺める。

普段から人形と接し、人形と話し、心を通わせているジンはなんとなくだが人形が抱く気持ちのようなものが理解できる。

目の前の人形から伝わってくる感情は、はち切れそうなほどの怒気と悲哀であった。

「呪いを振りまいてるのはどっちなんだか」

この国では、人形を不当に扱う人間が多い。

呪形《カーズドール》の危険性も悪魔の危険性も知っている。父の言葉も覚えている。

それでもジンは、この人形が人間によって傷つけられないように。もしも呪形《カーズドール》ならば、呪いが振りまかれないように。そんな思いを込めてこの人形を家に招いた。

しかしそんな思いとは裏腹に、呪形《カーズドール》を自分の物にしてみたいという仄暗《ほのぐら》い気持ちもあった。

自然と上がる口角をそのままに、ジンが人形を観察していると。

――唐突に、アンティークドールの双眸《そうぼう》が動きジンを捉えた。

「……ッ!?」

寒気が全身を這《は》い、思わず鳥籠を手から離してしまう。

鳥籠は廊下を転がり、不規則な動きで起き上がった。

廊下に冷たく重い静寂が生まれ落ちる。

その沈黙を破ったのは。

「――汚れた人形の味方をして善人気取りか？」

それは、男の声のようにも女の声のようにも聞こえた。

「なんとか言ったらどうだ？　私と会話をするのが怖いか？」

口を動かすだけでなく、その人形は鳥籠の中でふわりと浮いてみせた。

目の前で起きている不可解な現象。本性を現した途端、相対するだけで意識を持っていかれそうな威圧感。そのどれもが、目の前の人形が普通ではないことを物語っている。

これはただの呪形《カースドール》ではない。この中には確実に、悪魔が封印されているのだろう。

「お前、どうして私に手を差し伸べた？」

ジンは答えなかった。

呪形《カースドール》は単純な疑問をジンにぶつけただけのようにも思えた。だが、一度でも言葉を交わしてしまうと、あちらのペースになってしまうのは目に見えている。

「汚れた檻《おり》に入れられた私を哀れに思ったか？」

沈黙を貫くジンに対し、呪形《カースドール》は朗々と語る。

「人間。お前、思い悩んでいることがあるだろう。私にはわかる。私なら、お前の悩みを解消してやることができる。お前の願いを叶《かな》えることでな」

ジンの頭に、死んだ両親の顔が浮かぶ。

だが、ジンは答えない。

「その耳と口は飾りか？　私がお前の望みを叶えてやると言っているんだ」

ジンの頭に、様々な思いが湧いては消える。

自分の嗜好《しこう》のこと。人間と上手《うま》く話せないこと。学校で疎外されていること。親戚のこと。アインとの微妙な距離感のこと。将来のこと。自分に消えない呪いを刻み込んだ、あのイカれた人間のこと。

そして、両親が死んだあの日のこと。

悪魔の話を聞いては駄目だ、今すぐに逃げよう。そう思うが、上手《うま》く体が動かない。

「人間、私と契約するか？　代償を渡せば、私に叶《かな》えられる範囲で願いを叶えてやる。その代わり私は、契約の際に得た力でこの封印から解放される。しかしそんなことは、お前にとっては些末《さまつ》な問題だろう？」

ジンの頭に、父の言葉が思い起こされる。

ここで契約をしなければ、悪魔は封じられたままだ。

どんな提案をされても、ジンが悪魔に耳を貸す道理はない。

「どんな願いが叶えられるか気になるか？　悪魔の力にも限界はある。だからなんでもは叶わない。だが、例えば……そうだな。よく人間が願おうとするのは」

歪《ゆが》むはずのない呪形《カースドール》のガラスの目が、弓なりに曲がる。

「――先立ってしまった人間を蘇《よみがえ》らせる、とかな」

甘美なるその言葉にジンの瞳孔が開く。

その瞬間思い浮かぶのは、四人の幸せだった記憶。

「……それは本当か？」

考えるよりも先に、声が漏れ出てしまっていた。

「……ああ」

覚悟の決まったジンの表情を見て、呪形《カースドール》の口端が不気味に吊《つ》り上《あ》がる。

○

両親が亡くなった二年前のあの日のことを。

ジンは、昨日の出来事かのように思い出すことができる。

それはありふれた、なんでもない休日のこと。

「ほら！　兄さんいくよ、急いで」

両親にお使いを頼まれたジンとアインは、二人で街へと飛び出した。

アインはジンと二人で出かける際、いつも楽し気な笑みを浮かべる。

二人が歩道を歩いていると、前方からフラフラおじさんがやってきた。

フラフラおじさんは、この街では悪い意味で有名な人物であった。

いつもぶつぶつとなにかを呟《つぶや》きながら、安定しない足取りでフラフラと歩くからフラフラおじさんと、そう呼ばれている。

フラフラおじさんは、人形《ドール》に対して異常な嫌悪感を持っていた。

彼の視界に人形が映るようなことがあれば、いつもの足取りはどこへやら。フラフラおじさんは全速力で人形の元まで駆け寄り、その四肢を素手でもぎり取ってしまう。

以前ジンは、このフラフラおじさんに目を付けられたことがあった。

捨てられた人形を拾ったジンは、その人形を胸に抱いて家に帰る途中であった。そんな折、ジンは遠方にフラフラおじさんの姿を見た。その瞬間、ジンは人形を抱えたまま家に向かって全速力で走った。

時折後ろを振《ふ》り返《かえ》り、ジンはぞっとした。

遠くにいるフラフラおじさんの足取りが、ふらついていなかったのだ。

なんとか彼を撒《ま》いて家に戻ったジンは、リビングのガラス戸からじっと外の様子を眺めていた。しかし、三十分ほど見ていてもフラフラおじさんが姿を現すことはなかった。

それから街で何度かフラフラおじさんを見かけたが、彼はジンに向かってはこなかった。

ただ彼は、じっと観察するように粘ついた視線をジンに送るようになっていた。

そしてそれは、この日も同様だった。

フラフラおじさんは、ジンとアインを横目で眺めながらもどこかへと姿を消した。

買い物を済ませた二人は、まっすぐに家へと向かった。

問題なく家には着いたが、なぜか玄関の鍵はしまっていなかった。

疑問に思いながらも玄関を開け、中に入る。

するとそこには。

——壊された人形の残骸と、血の海の上に佇《たたず》む悪魔のような男の姿があった。

ジンとアインの叫声が、家の中に木霊《こだま》した。

その男はどこからどう見てもフラフラおじさんであった。彼は右手に血濡《ぬ》れた包丁を持っていた。彼の足元には、血の出どころであるジンの両親の死体が無残に転がっている。

アインは声もなく泣き、その場で腰を抜かしてしまう。

「おま、お前……だよな。人形拾ってたの。安心しろ、お前は、最後……最後だから」

フラフラおじさんはぶつぶつと、いつものようになにかを言っている。

「……俺、おれオレは、悪魔に、悪魔に妻を殺された。俺も、悪魔に傷つけられたッ！」

包丁を持つフラフラおじさんの右手の甲には、なにかに削られたような傷痕が浮かんでいた。

「人形には悪魔が宿る！　人形は悪魔だッ！　人形を生み出すこの家も、人形を愛《め》でるお前も悪魔だ！　悪魔の子を産み落としたこいつらも、全員悪魔だッ。悪魔悪魔悪魔ッ！」

焦点の合わない目を泳がせ、フラフラおじさんは血の付いた包丁で空を切る。

「悪魔は、全員滅ぼさなければいけない。俺が。オレが。おれの手で。連鎖を、立ち切ってやる――！」

フラフラおじさんは包丁を構えたまま、ふらつかないまっすぐな足取りでジンとアインに向かって走り出す。

「まずは妹を殺すその方がお前も辛《つら》いだろうまずは妹を殺すそのほうがお前も辛いだろう

まずは妹を」

　フラフラおじさんの凶刃が二人に迫る。

　彼の動きは直情的だ。だからジンは、フラフラおじさんが嘘《うそ》をついていないと確信した。きっとやつは、先にアインを殺そうとするはず。

　だからジンは。

「う、ぐッ！」

　アインを庇《かば》い、包丁を自分の体で受けた。

「兄さん！」

　フラフラおじさんの包丁は、アインを抱え込むようにしたジンの左肩の辺りに深く突き刺さった。

「お前じゃねぇ！　お前じゃねぇ！」

　叫びながら、フラフラおじさんはジンの肩から包丁を勢いよく引き抜く。

　鮮血が飛び散り、絵筆の先が跳ねたかのように玄関の壁に赤の斑点が生まれた。

　男は包丁を思い切り振りかぶり、次もまたアインに向かって振り下ろす。

「やめろーッ！」

　激昂《げきこう》すると同時、痛みと恐怖で頭が麻痺《まひ》したジンが最後の抵抗を試みる。

　ジンは、右足で思い切りフラフラおじさんの足を蹴飛ばした。その衝撃を受けたフラフラおじさんは足元の血でバランスを崩す。彼の体は一瞬、宙に浮かび上がった。

そんな彼の顛末《てんまつ》を見ながら、ジンはこう思った。

ああ、天罰というのは本当に存在するのだな、と。

フラフラおじさんの振り下ろした包丁は、勢いをそのままに彼自身の腹に突き刺さってしまった。そのまま彼は床に着地し、自重で更に包丁を押し込む羽目になってしまう。

二人は、動かなくなったフラフラおじさんを呆然《ぼうぜん》と見つめている。

ジンの両親は即死で、フラフラおじさんは搬送先の病院で息を引き取った。

ジンは怪我《けが》の手当を受け、幸いにも後遺症は残らなかった。


両親を亡くして以降、人形がジンの拠《よ》り所《どころ》となった。

事件の直後、ジンは、寄り添おうとしてくれるアインすらも跳ね除《の》けずっと人形と話していた。

人形は人間と違い、自分の好きな話を聞いてくれる。好きな話をしてくれる。

人形は自分を虐《いじ》めないし、自分を殺さない。

それに反して人間は怖く、恐ろしく、理解の及ばない生き物だ。腹の内で、なにを考えているのかわかったものではない。次第に、そう考えるようになっていく。

人間と話すことが好きだった。人間の話を聞くのが好きだった。

しかし、この事件以降ジンは。

いつの間にか、人間とまともに話せなくなってしまう。

○

「悪魔、もう一度訊《き》く。死人を生き返らせることができるというのは、本当なのか？」

悪魔とは話してはいけない。悪魔とは契約をしてはいけない。

父が繰り返し言っていたこの言葉が、頭から抜け落ちていたわけではない。

呪形《カーズドール》の危険性を理解しつつ、その上でジンは自分の意思で悪魔に話しかけた。

「ああ。死霊と私の魔力の相性はいい。ただ、私でも死者の蘇生《そせい》は……」

そこで呪形《カーズドール》は言葉を止める。

玄関の鍵が開けられる音が呪形《カーズドール》の言葉を遮ったのだ。

「くるな、アイン！」

しかし、ジンの叫びもむなしく。

「わ、うるさ。どうしたの兄さん」

気の抜けた声を発したアインが、家の中に足を踏み入れた。

彼女は廊下の先に佇《たたず》む鳥籠と、その中の怪しい人形の存在にすぐに気が付いた。

「えっ!?　これ……」

鳥籠の中で浮遊する人形を見やり、驚きにアインが眉を上げる。

「兄さん。これ、呪形《カーズドール》……？　だよね？　なら、解体師《プレイア》に見せないと……」

「駄目だ」

ジンはアインには目を向けず、真剣な表情で呪形《カーズドール》を睨《にら》み見ている。

「俺は今からこいつと契約して、父さんと母さんを生き返らせてもらう」

「なに、言ってるの……？」

ジンの両肩を強く掴《つか》み、アインは兄の体を無理やり自分の方に向き直らせる。

「兄さん正気？　お父さんの言葉忘れたの!?」

「覚えてる」

ジンの表情は変わらない。兄は、妹と顔を合わせようとはしない。

「死人は……」

細いアインの唇が、憤《いきどお》りに揺れる。

「――死人は生き返らないんだよっ!?」

アインが兄の胸倉を掴む。だが、それでもジンはアインの目を見ない。実の妹の顔を、見つめることができない。

もうどれほどの間兄と目が合っていないのか、まともに会話をしていないのか。アインはよく覚えていない。

「……兄さんの、馬鹿……ッ」

アインは拳に筋を浮かべながら、表情の変わらない兄の顔から目を逸《そ》らし、やがては手を離した。

「面白いな人間ども。この状況で喧嘩《けんか》か。なんと仲の悪い兄妹だ。気に入ったぞ」

「なんだって……？」

そう言い、今にでも呪形《カーズドール》に殴り掛からんばかりの勢いのアインに驚きながらも、なんとかジンが彼女を押さえ込む。

「まあ聞け、愚かな兄妹。悪魔が死人を生き返らせることができるというのは本当だ。木《こ》っ端《ぱ》の悪魔には不可能な芸当だが、私は二百年以上生きた老獪《ろうかい》な悪魔だ。それに、私の魔力は死霊と縁深い」

怪しみながらも、ジンは一縷《いちる》の望みにかけて悪魔の言葉を傾聴する。

「だが、代償が大きい上、完全に生き返らせることは私でも不可能だ。まあ、それに納得した上で代償を払ってもらえるのなら、こちらとしては願ってもない話だが」

「代償？　父さんと母さんが生き返るのなら、そんなものいくらでもやる。俺の魂でも命でも、なんでも。呪いをかけるのでも、俺の姿を化け物に変えるのでもいい」

「兄さんッ！」

吠《ほ》えるアインを無視するジン。彼の頭には今、両親を生き返らせる思いしかない。

「だが、完全に生き返らせることができないというのは、どういうことだ？」

ジンの問いに、呪形《カーズドール》が笑む。

「完璧な蘇生《そせい》を行える者は存在しない。神も天使も悪魔もな。私たち悪魔にできることは、蘇生の真似事《まねごと》だけだ」

呪形《カーズドール》が、口の奥で小さな笑い声を転がす。

「お前の愛《いと》しい人間を生き返らせたところで、そいつはただのまがい物というわけだ。死ぬ前とはなにかが違っている。それは見た目かもしれない。魂かもしれない。記憶かもしれない。人格かもしれない。とにかく、死ぬ前と全く同じ人間を蘇生させることは不可能だ」

呪形《カーズドール》の言葉を脳内で反芻《はんすう》し、情報を整理しながらジンは両親の顔を思い浮かべていた。

「生き返らせるのは二人でもいいのか？」

「ああ。その分、代償は高くつくが」

「そうか」

ジンは、強張《こわば》っていた体の力を抜いた。

「……なんでもいい。俺のせいで死んだ父さんと母さんが生き返るのなら、なんでも」

小さく呟《つぶや》くジン。その瞳に、決意の色が宿る。

「やってくれ。少しでも二人が生き返る可能性があるのなら。俺は……」

「駄目、兄さん！　そんな願いッ！」

涙を溜《た》めながらアインが言うが、ジンは全く聞く耳を持たない。

あまりにも分厚いジンの心の壁が、アインの気持ちを、思いを、感情を、拒絶する。

すれ違う兄妹を見て、悪魔は満足そうに頷《うなず》いた。

「なら、契約は成立でいいな。そうだな、二人の蘇生《そせい》となれば代償はどうするか。できるだけ私に益のあるものにしたいが……。ん？」

そこまで言って、呪形《カーズドール》はジンとアインを交互に見やる。

「お前たちは、本当に」

そうして、呪形《カーズドール》はゆっくりと右腕を前に掲げる。

「愉快な兄妹だな」

――その瞬間。

頭部に雷でも落ちたかのような衝撃と轟音《ごうおん》が、ジンの耳を襲う。

視界が大きく揺れ、意識が混濁する。

「なん、だ……？」

なにか、大きな力で殴られたかのような痛みを覚え。

ジンの視野は、黒く、狭く。

収縮していく。

○

呪形《カーズドール》は一体なにを奪っていったのか。自分になにを課したのか。そんなことをぼやけた頭で考えながら、ジンはゆっくりと立ち上がる。

「痛っ」

体全体を嫌な痛みが這《は》っている。特に頭の痛みが酷《ひど》い。なにかに殴られたかのように、ズキズキとした鈍い痛みがジンの頭と全身を襲う。

痛みに耐えながら前を見て、ジンは自分の目を疑った。

呪形《カーズドール》が、鳥籠の上に座っていたのだ。

開いた鳥籠の入り口を見下ろす呪形《カーズドール》は、癪《しゃく》に障《さわ》る笑みを浮かべている。

「私のことよりも、お前の妹の心配をしたらどうだ？」

言われてジンは辺りを見渡す。

視界に飛び込んできたのは、靴箱から落ちたのか、散乱する靴。割れた花瓶。それから、散らばるスイセンと、水。

そして。

――床に臥《ふ》す、体のパーツを中途半端に失った、妹の姿。

「どうした！　なにがあったッ!?」

叫びながら、妹を抱きしめるジン。

その姿は、悲惨なものになっていた。

右目を失い、右肘から先を失い、左手を失い、その上、右膝から先を失っている。

無事なのは、顔、胴体、左足くらいか。

不可解なのは、彼女の血がどこにも流れていないことと、失った部位があった部分を黒いモヤのような物が覆っているということ。

それはまるで、体の部位を切断されたのではなく、そのまま奪い取られてしまったかのような――。

「アインになにをしたッ!?」

「なんの話だ？」

呪形《カースドール》は、貼り付けたような笑みを浮かべてジンのことを眺めている。

「くそッ！」

呪形《カースドール》と話すことを諦め、アインの口に耳を当てる。次いで彼女の脈を確認した。

意識はない。息はしている。心臓も動いている。脈もある。アインは生きている。

だが、このままではアインはどうなるかわからない。

ジンの脈動が、速度を増していく。

「呪形《カースドール》。アインを元に戻せ」

「？」

「契約だッ！」

荒れたジンの声が廊下を震わせる。

「父さんと母さんの蘇生《そせい》は後回しでいい。アインを元に戻せ。……頼む」

たった一人の大切な妹の無残な姿を見て、ジンの胸に後悔と悲哀の炎が灯《とも》る。

「金でも、人形でも、感情でも、命でも、魂でも、なんでも渡すから……」

ジンの言葉の後半は、震えていた。

滑《すべ》らかなアインの頬《ほお》に、ジンの涙が零《こぼ》れ落《お》ち、弾《はじ》ける。

「頼む。コイツは俺と違って明るくて、元気で、ともだち思いのいいやつなんだ。コイツは幸せにならなくちゃならない。だから、アインを助けてやってくれ……！」

大粒の涙を流しながら、ジンが懇願する。そんなジンに向かって呪形《カースドール》は苛立《いらだ》たし気《げ》に舌打ちをした。

「むかつくなァ、お前ら……」

呪形《カースドール》は目を細めて射るようにジンを見つめていた。

「残念だがお前とは、今日はもう契約はできん」

「どういう、ことだ？」

大儀そうに、呪形《カーズドール》は天井を見上げる。

「私たち悪魔は一日に二度も契約ができない。願いを叶《かな》えるには一度に大量の魔力を得て、大量の魔力を消費する。二度は体がもたん。また願いを叶えたいのなら別の日にしろ」

「なにを、言っている……？　願いはもう、叶ったっていうのか……？」

ジンの首を、冷たい汗が伝う。

「願いを叶え終わった結果が、ソレだ」

呪形《カーズドール》は、変わり果てたアインを眺めながら邪悪に微笑《ほほえ》んでみせる。

「契約は終わったのか？　父さんと母さんはどうなった？　二人はどこにいる？　代償は？　……そうか、代償……！　もしかしてお前は、代償にアインの体を奪ったのか？」

「答える義理はない。契約はもう終わったのだから」

呪形《カーズドール》は取り合わない。小さな悪魔は、鳥籠の上で優雅に伸びをした。

「ああ、そうだ、人間。お前の名前を聞いていなかったな。お前はそこのアインとかいう妹に、兄さんとしか呼ばれていなかっただろう」

「……聞いて、どうする」

「いや？　お前らとは長い付き合いになりそうだからな。単なる興味だ」

呪形《カーズドール》の言葉に敵意を感じなかったジンは、素直に自分の名を教えることにした。

「ジン・ルイガだ」

「ふん。ジンとアインか」

腕を組み、二人の名前を咀嚼《そしやく》するかのように口を動かす呪形《カーズドール》。

「ジン・ルイガ、せっかくだ。今から私が行うことをお前に教える。心して聞け」

呪形《カーズドール》は鳥籠の上で、大げさに両手を伸ばす。

「私の封印はお前たちとの契約によって解かれた。少しだけ自由を得た私は、手始めに」

呪形《カーズドール》はそこでニヤリと笑ってみせる。

「――この国全体を、呪おうと思う」

「……国を、呪う……？」

「私は今から、この人形に残った魔力をこの国に解き放つ。……そうだな。頭と胴、右腕と左腕、右足と左足の六つに魔力を分け、この国に分散させよう」

興奮気味に悪魔が続ける。

「悪魔の魔力は心に陰のある者に巣食い、その人間は呪いを受ける。精神の不安定な者は吸い寄せられるように私のパーツに触れ、呪われるだろう。日が昇る度、この国には私の魔力が広がり、濃くなっていく。すると、わずかな心の隙から人は呪われていく」

呪形《カーズドール》が高らかに言い放つ。

「そうして私は人間の弱い感情を食い、その度に力を取り戻す。悪魔は負の感情が強大な者ほど強い！　手っ取り早く力を得るためには、人間から集めるのが効率的だ」

「なにが目的で、そんな……」

「私には個人的な目的がある。それを叶《かな》えるためのただのファーストステップだ。ああ、それと、そうだな。あとは」

呪形《カーズドール》は、口の端が裂けそうなほどに口角を上げる。

「言うなれば、お前たちへの嫌がらせ、か」

ジンの心臓が、嫌な跳ね方をした。

「私の呪いにより、この国は混乱に陥るだろう。お前らはそれを我関せずと捨てておくか？　それとも、困った人間たちを救おうと奔走するか？　いずれにせよ、罪悪感が心を蝕《むしば》むだろうなぁ……！」

呪形《カーズドール》の哄笑《こうしょう》が、絶えず玄関で踊る。

やがて悪魔は笑うのをやめ、表情をなくして冷たく言い放つ。

「のたうちながら土を舐《な》め、私に関わろうとしたことを一生後悔しろ、人間」

言下、呪形《カーズドール》は闇に包まれる。見えない力にねじられたかのように体の部位があらぬ方向に曲がり、その体は空中で六つのパーツに分かたれた。

頭、胴、右腕、左腕、右足、左足。それらがなんの規則性もなく空中を漂う。

そして、人形の頭部が宙で回転しながら聞き慣れない言葉の羅列を紡ぎ始めた。

「……零《こぼ》れ往《ゆ》く夢の再演。血液でできた焔《ほむら》。姫と謳《うた》われた災いの魔女。贖《あがな》い、憂い、その操《みさお》の前に頭《こうべ》を垂《た》れろ。──リ・エルド・ディルダ」

詠唱後、呪形《カーズドール》の右腕はまるで意思を持ったかのように宙を泳ぎ、二階へと消えていく。

「案内を付けておく。好きに使え」

困惑するジンを、冷めた視線で見下ろす呪形《カーズドール》。

「私の名はラドラリー。せいぜい覚えておけ、人間」

そう言い残し、ラドラリーと名乗った呪形《カーズドール》のパーツはそれぞれが高速で移動を始め、玄関横の窓を突き破ってどこかへと飛んでいってしまった。

ジンは、破れた窓を呆《ほう》けた顔で見つめる。

不意に訪れる、鉛よりも重たい沈黙。

「……なん、だよ」

自分の膝の上に乗るアインの体温を確かに感じながら、ジンが怒声をあげる。

「なんなんだよ、コレはッ！」

どんな契約が履行されたかも、どんな代償を払ったのかもわからない。残ったのは体を失ったアインと、悪魔によって国が呪われるかもしれないという、最悪の結果だけ。

悪魔とは決して契約を交わしてはいけない。父のその言葉が、空っぽの脳を満たす。

「ごめん、父さん」

流星のような涙の跡がジンの頬《ほお》に刻まれる。ジンの視界に、歪《いびつ》な姿のアインが映る。

「父さんとの約束、守らなかったから……。ごめん。父さん、母さん、アイン……」

ジンは、服の上から自分の胸を強く握り込んだ。

「ん？　んん……」

声が聞こえ、下を向く。そこには、微《かす》かに目を開けるアインの姿があった。

アインはジンの姿を捉えると、安心したように微笑《ほほえ》んだ。

「あ、よかった。兄さん、無事だったんだね」

「アイン！」

彼女を抱きしめながら、なにか違和感を覚える。アインの体を覆っていた黒いモヤが消えていたのだ。

「どうしたの？　兄さん」

アインの体を見ているはずのジンの瞳に、人間の皮膚ではない素材の表皮が映り込む。

そこにはもう、ジンのよく知るアインの姿は存在しなかった。

失われたアインの体の部位は。


——人形のように、変じていた。

「そん、な……」

涙が滲《にじ》む瞳で、ジンはアインの姿を仔細《しさい》に観察する。

右の眼窩《がんか》には、黒ガラスの瞳が。

右肘から先には、幾重もの布をパッチワークで縫い合わせたかのような腕が。

左手には、樹脂粘土製の手と、その甲には目を象《かたど》ったかのような怪しい呪印が。

右膝から先は、磁器製の足が。

人間と人形が混交した歪《いびつ》なアインの体。

ガラスの右目も、パッチワークの右腕も、人形の右足も左手も。アインの華奢《きやしや》な体に当《あ》て嵌《は》められればそれは、どこか不可思議な調和を生み出している。

「ごめ、ん。なんだか、眠……い」

アインは再びゆっくりと瞑目《めいもく》した。すると、彼女からは嘘《うそ》のように生気が消《き》え失《う》せる。

割れた窓から漏れ入る星明かりに照らされたアインの体は、光の輪郭を帯びこの世界の中に克明に浮かび上がっている。

変わり果てた姿のアインを見ながら、ジンは自分自身に絶望していた。

その理由は二つあった。

一つは、自分のせいでアインをこんな姿にしてしまったかもしれないということ。

そしてもう一つは。

半人形化してしまったアインのことを、美しいと思ってしまったこと。

ジンは、半分が人形になってしまったアインに寄り添いながら静かに涙を流し続けた。

勿論《もちろん》、そんな二人が。

――割れた窓から降り落ちる、とある歪《ゆが》んだ視線に気が付くはずもない。

○

夜に佇《たたず》むその教会は荘厳というには構えが小さく、かといって陳腐というほどには清廉さを欠いてはいない。森の中にひっそりと佇むこの教会は街からは遠い場所に位置するため、どこか浮世離れした印象を見る者に与える。

そんな教会の広間に、人影が三つ存在した。

褐色の肌の小さな少年と彼の母親と思《おぼ》しき女性が、神父に向かって祈りを捧《ささ》げている。

数分後。祈りを終えた少年と母が神父に頭を下げた。

「ありがとうございました、カロ神父。……さ、帰ろうか、リク」

リクと呼ばれた少年が、小さく頷《うなず》く。

「神のご加護があらんことを」

そう囁《ささや》くカソックに身を包んだ神父の胸で、首から下げられたロザリオが揺れた。

二章　ショッピングカート・ゴー・ゴー

気が付けば夜は稜線《りようせん》の向こうに姿を消し、リビングのガラス戸からは朝日が差し込む。

その淡い光彩が、ソファで眠るアインの横顔の上を滑る。

アインより先に玄関で目を覚ましたジンは、体の半分が人形に変わり重心が安定しなくなった彼女を引きずり、なんとかリビングに運び込んだのだ。

ジンはソファのひじ掛けの上に腰を下ろし、歪《いびつ》な姿になってしまった妹の様子をずっと見守っていた。

ジンの頭に、『人形憑き《ドーラー》』という言葉が思い起こされる。

悪魔や呪形《カーズドール》の魔力により呪われた人間は、人形憑き《ドーラー》と呼ばれる。人形憑き《ドーラー》になった者は体の一部が人形のように変じ、自分の意思とは関係なく暴れ回ってしまう。

ジンは、気が急《せ》いていた。人形憑き《ドーラー》を放置すると呪いが悪化し、いずれは悪魔となってしまうからだ。悪魔に体を乗っ取られた状態は『呪形堕ち《カーズドーラー》』と呼ばれ、人形憑き《ドーラー》よりも更に恐れられている。

アインの体がただ呪われただけというのなら、契約や代償はどうなったのかという疑問も湧いてくるが、どちらにしろ危険を冒してでも今のアインの状態を専門家に見てもらう必要があるだろう。

「お前の体は俺が元に戻してやる。絶対に」

ぶつぶつと切羽つまった顔で言いながらも、時折頭を抱えながらため息を吐《つ》くジン。

「ふわぁ。おはよう」

声のした方を見ると、ぼさついた髪のアインが薄目で上体を起こすところであった。

そんな彼女からなんとなく目を逸《そ》らしつつも、ジンは努めて冷静を装って言う。

「体調はどうだ？」

「問題ないよ」

「そうか。……その、お前、体……」

アインの樹脂粘土製の左手と、その甲に浮かぶ呪印を見て表情を歪《ゆが》めるジン。

「体？　ああ。私、随分変な体になっちゃったね」

自分の体を見渡し、アインはへらっと笑ってみせた。

「なんか、軽いな……。ショックじゃないのか？」

言いながらジンは、アインと自然に話せていることに自分でも驚いていた。

普通、急に妹の体が変われば戸惑うばかりで会話にはならないのだろうが、ジンは違った。むしろ人形に変じたがゆえ、話すことができた。黒ガラスの右目を見ると、彼女と顔を向き合わせることができたのだ。

兄が自分の顔を見つめていることに気が付いたアインが、ガラスの目の奥に喜びを含んだ。

「うん。ショックはまあ、ないかな」

ぼんやりとした瞳で、壁に立て掛けてある姿見を見るアイン。その中には、人間にも人形にも見えない、歪《いびつ》な自分の姿が寂しく映っている。

「別に私、他の人間ほど人形のこと嫌いじゃないしね。兄さんほど好きでもないけど」

「だけど、もしも体がずっとそのままだったら……」

「悪魔のせいでこうなったのなら、もしかしたら元に戻る方法もあるかもしれないわけじゃない?」

「……まあ、それもそうだが」

前向きなアインのおかげで、沈んでいたジンの気持ちはほんの少しだけ晴れる。

「それに、久々に兄さんと話せるし、まあこの体も良《い》いかも?」

アインが悪戯《いたずら》っぽく口角を上げる。

言われて、まじまじと彼女のガラスの右目を観察しすぎたことに気が付いたジンが、素早く視線を逸《そ》らした。

「あはは。私のおかげかな？」

「なにがだよ……」

パッチワークの右腕を曲げ、なぜか自慢げに力こぶを作るアインに、ジンは呆《あき》れるしかない。

「そういえばアイン。お前、俺が意識を失った前後のこと覚えてるか？」

「いや、それがね。悪魔との契約に関してはあんまり覚えてないんだよね。私も意識失ってたし」

「そうか。なら俺たちが、あの悪魔……ラドラリーと交わした契約内容に関してはまだわからないってわけか」

腕を組み、目を伏せるジン。

「わかるのは、恐らくだが代償としてアインの体を人形に変えられたこと。それと、あいつの呪いのせいで、この国がやばいかもってことか。アインの体を代償にして叶《かな》えられたのは、やっぱり父さんと母さんの蘇生《そせい》なんだろうか？」

アインを巻き込むつもりがなかったジンは、軽はずみな自分の行動を深く反省した。

「兄さんはこれからどうするの？」

「アインが体を失ったのは俺のせいだ。俺は、お前の体を元に戻す方法を探る。まずは、この国に散らばったラドラリーのパーツをどうにかして集める。やつのパーツが人を呪う前にな。そして、ラドラリーから契約の詳細を聞き出す。お前はどうす——」

「私もいく」

即答するアイン。今の彼女を連れ回すのは危険が伴うだろうが、アインを一人にしておくのも心配だ。

「そうか、わかった。だが、今のお前の体は目立つからなにかで隠さないとな。解体師《ブレイア》にでも会ったらどうなるかわからないし、強力な悪魔と契約した手前、助けてくれる保障はない」

頷《うなず》き、顔を下に向けたまま、アインは自分の服を捲《まく》り手で腹の辺りをまさぐっていた。

「凄《すご》い。見て見て、兄さん。私、お腹《なか》にファスナー？　ついてる。かっこよくない？」

服をたくし上げながら、アインは嬉《うれ》しそうにジンの方を向いた。

アインの言う通り、彼女の腹部には斜めにファスナーのようなものが付いていた。

どうやらアインの体は失った部分だけでなく、人間のままの部位も所々人形化しているようだ。

むき出しのアインの腹に付いたファスナーを見て、ジンはこう思う。

ちょっと、かっこいいかもしれない……。

「他の人間には、気安くそんなことするなよ」

「あはは！　しないって」

そう言って浮かべられたアインの笑顔は、変貌する前の彼女のそれとなんら変わらない。

「ねぇ、兄さん」

急に表情を引き締め、アインが人差し指を顔の前に立てる。彼女は小声で。

「足音が聞こえない？」

耳をすませると、リビングの入り口からなんとも気の抜けた音が聞こえてくる。

音の連続性を思えば足音なのであろうが、人間や動物が発しているとは考えにくい。それはまるで、布がこすれるかのような小さな音。

「まさか、呪形《カーズドール》だったりしないよね？」

二人は同時に唾を飲み込み、喉を鳴らす。

高まる緊張感の中、リビングの入り口からひょこりと頭を覗《のぞ》かせたのは。

――テディベアだった。

「ベヤ!?」

「ベヤちゃん!?」

それは、二人が幼い頃に町外れの壊れた倉庫に捨てられていたところを拾い、ベヤと名付けたぬいぐるみ。全長はアインの膝下辺りの、かわいらしいテディベアだ。

ベヤは入り口の扉に体の半分を隠しながらも、まるで意思を持ったかのように二人に手を振っている。

「す、凄《すご》いよ兄さん！　ベヤちゃんが自分の意思で動いてるよ。なんで？　可愛《かわい》い！」

「ああ！　歩いて手も振ってるぞ！　……ふ、ふふ。自分の子どもが初めて立ったときってこんな感情なのかもな……！」

アイン以上の恍惚《こうこつ》の笑みを浮かべ、ジンがだらしなく頬《ほお》を緩めた。

アインの「うわ、なに言ってるの？」という冷たい視線を受けて、ジンは恥ずかしそうに顔を紅潮させながら我に返る。

咳払《せきばら》いをするジン。

「に、人形がひとりでに動くはずがないだろう。これは異常事態だ。気を緩めるな！」

「一番顔と気を緩めてたのは兄さんでしょ!?」

頬を膨らませるアインをよそに、ジンは机の上に置いてあったハサミを手に取り、緊張感を高める。

そんなジンに向かって、ベヤはたどたどしい足取りでこちらへやってくる。

リビングの中に体を晒《さら》したベヤの全貌を見て、ジンは肝を冷やす。

そこに、ジンがよく知るかわいらしいベヤの面影はなかった。

ベヤの腹部には、鋭い牙のある大口が付いていた。そこにあるのはむきだしの歯茎と、なんでも噛《か》み砕《くだ》いてしまいそうな鋭い牙に、その間から垂《た》れる涎《よだれ》。そして、頭からは小さな角が二本生えている。

「悪魔のようだな……」

しかしこれはこれで、また違う趣があってかわいらしい。

ベヤは、ひょこひょこと歩きながら二人の元へと近づいてくる。

時間が経《た》つごとに漂う緊張感は増すばかりだが、ベヤは全く二人に襲い掛かろうとする素振りを見せない。それどころかベヤは、身振り手振りでなにかを伝えようとしているようにも見えた。

「敵、じゃないのか？」

ジンは、呪形《カーズドール》の中に入っていた悪魔、ラドラリーが去り際に言った言葉を思い出していた。

「ラドラリーは確か、俺に案内を付けると言っていたな」

よく見るとベヤの首のあたりには、もこもことした綿が一周しており、まるでネックレスのように、その綿からは呪形《カーズドール》の右腕がぶら下がっていた。

「ベヤの頭の角を見るに、恐らくこれはラドラリーの右手をベヤが取り込んだ結果だろう。ラドラリーの右手には、これと似た物が刺さっていた」

悪魔の呪いを受けた人形は呪形《カーズドール》に、人間は人形憑《ドーラー》きとなる。そして、人形憑《ドーラー》きが悪化すれば呪形堕《カーズドーラー》ちとなり、悪魔に体を乗っ取られる。

直接呪形《カーズドール》のパーツを取り込んだベヤにここまでの変化があるのなら、一体人間がパーツを取り込んでしまったらどうなるのであろうか。

「じゃあ、ベヤちゃん呪形《カーズドール》になっちゃったのかな？　そんなぁ……」

「その可能性は高いだろうな」

「ねぇ、兄さん。ベヤちゃんの今の気持ちとかわからないの？　もう普通の人形じゃなくなっちゃったみたいだけど」

ジンが人形と意思疎通ができることをアインは知っていたが、彼女は半信半疑であった。

「ええと、うっすらとわかるのは、俺たちになにかを伝えたがってるってことかな」

「えっ。本当にわかるの？　適当じゃなくて？　超人だよ、それ」

「ベヤ。文字が書けるか？　絵でもいいぞ」

ジンが、机の上にあった紙と鉛筆を渡す。ベヤはそれを受け取り、鉛筆を掴《つか》んで机の上で器用に絵を描き始めた。

「わっ。かわいい！　兄さん、ベヤちゃんが頑張って絵を描いてるよ！」

「べ、ベヤ！　立派になって……！」

ぬいぐるみがひとりでに絵を描いている様子を、気の抜けた顔で観察するおかしな兄妹であったが、やがてジンが正気を取り戻し顔に緊張をまとう。

「ラドラリーはベヤを通じて俺たちのパーツ探しに協力しようとしているのか？　それか、

これは罠《わな》……？」

「ベヤちゃん、描けたみたいだよ」

鉛筆を机の上に置き、ベヤが紙を二人の方に向ける。

そこには、なんとも雑な線で建物のようななにかが描かれていた。その建物の近くには、バツ印が描かれている。

「これは、建物と、バツ？　いや、十字架か？」

「教会じゃない？」

アインが言うと、ベヤは勢いよく頭を縦に振る。そうしてベヤは、その場でステップを踏み踊り始めた。その動きにジンは癒《いや》されるが、彼の表情は少し険しい。

「うーん、本当に信用していいのか？」

「でも、なんの手がかりもなくパーツを探すのも骨が折れるよ。……それにさ」

瞳に光を散らしながら、ベヤの頭を撫《な》でるアイン。

「ベヤちゃんと一緒に旅なんてきっと楽しいよ。信じて連れていこうよ。それに、兄さん人間とは話せないんだしさ。ベヤちゃんは必要でしょ」

「うっ、た、確かに……」

ニヤニヤと兄を弄《いじ》る妹に、ジンはなにも言い返せない。

ジンは、注意深くベヤを観察していた。恐れ知らずのアインがベヤに抱きついても、ベヤが腹の口でアインに噛《か》みつくようなことはなかった。

ラドラリーが自分たちを殺すためにベヤを呪ったのなら、既に自分たちは死んでいるだろう。ジンは一旦ベヤへの警戒心を解いた。

「よし。ベヤも連れて、まずは教会を目指そう。教会なら、俺たちに起きたことを説明できる人がいるかもしれない。それに、教会の傍《そば》には父さんと母さんが眠る墓地もある」

「墓地に寄るの？」

「ああ。もしもラドラリーによって俺の願いが叶《かな》っているのなら、墓地の近くで父さんと母さんに会えるかもしれない。会えなくても、なにかわかるかもしれないしな。学校は……まあ、いってる暇はないか」

「もうすぐ夏休みになるから大丈夫でしょ」

どこまでも楽観的なアインに、ジンは苦く微笑《ほほえ》む。

「よし。なら、準備をしたら早速出発だ」

「わかった。よーし、いくぞーっ！」

アインが立ち上がり、一歩を踏み出すが……。

「うわっ!?」

アインの間抜けな声の後に、鈍い音が部屋に響く。

バランスを崩したアインが、その場でつんのめって倒れてしまったのだ。

「大丈夫かッ!?」

「へ、へーきへーき」

頭を撫《な》でながらアインがゆっくりと上体を起こす。どうやら怪我《けが》はないようだ。

「ゴメン、兄さん。まだこの体に慣れてないみたい。……だから、ちょっと慣れるまで、普通に歩くのは難しいかも」

えへへと笑うアインに、ジンは優しくこう言った。

「少しずつ慣れていこう」

○

「ショッピングカートで移動するのはどうかな?」

そう提案したのはアイン。

非売品をどうやって手に入れるのかと思ったジンであったが、アインを運ぶにはカートくらいしかないだろうと、その意見を採用した。

「そうしよう。今のお前をおぶるの大変だしな。足の部分が特に重くて……うぐっ!?」

アインに横腹を突かれ、ジンはそのまま黙り込んでしまった。

「カートが欲しいだとォ!?」

果物売り場に、大柄な男性店主の声が響いた。

ショッピングカートを手に入れるため、ジンとアインは近場の庶民派百貨店へと赴いていた。その中でも比較的人の少なそうな果物屋で交渉を行ったのだが、いきなり店主に怒鳴られてしまったのだ。

「……ぁ、あッ、えと。お、俺っ、その、カートに、並々ならぬ関心がありまして……」

などと、人が苦手なジンは消え入りそうな声でごにょごにょと言う。

声をかけるのは私がやるから、とアインは息巻いていた。だが、今の彼女の容姿は目立ちすぎるだろうと判断したジンがその提案を撥ねのけたのだが、このザマだった。

アインは今、家にあった黒の外套《がいとう》で全身を隠し、ベヤを抱いている。外套の下にベヤを隠してはいるが、アインがなにかを抱いているのは一目瞭然だ。

怪訝《けげん》そうな店主の目線が、ジンとアインに突き刺さる。

「カートなんて、なにに使うんだ?」

「あ、え? え、ええと、その。ちょっと、研究、に……?」

「研究ゥ!?」

店主が言い、ジンが委縮する。なにか言い返そうとするが、言葉が出てこない。

「兄さん! やっぱり私がいくよ」

「ま、待て、アイン」

「兄さん人間とまともに話せないでしょ、今ので十分わかったよ」

「ぐっ……」

ジンを見兼ねたアインが、兄の肩を掴《つか》んで店主の前に躍り出る。

「無理を言っているのはわかっています。でも、どうしても必要なんです。勿論《もちろん》、いただくのではなく購入するのでも構いません！　壊れたカートでいいので！」

真剣なアインの表情に店主は気圧《けお》される。彼は、アインの黒ガラスの右目を見てバツが悪そうに頭を掻《か》いた。

「……はぁ、なんだかよくわからねぇが。かなりのワケありって感じだな」

店主は大儀そうに眉間を揉《も》んでから、品出しをしていた若い店員に声をかける。

「おい、イベル。タイヤの調子悪いやつあっただろ。あれ、渡してやれ」

イベルと呼ばれた男性店員は、首を傾《かし》げながらも店の奥へと消えていった。

「いいんですか？」

アインが言うと、店主は。

「別に温情とかじゃねぇよ。ただ、面倒《めんど》そうなやつらとこれ以上絡みたくないだけだ」

店主の声には、隠し切れない優しさが滲《にじ》んでいた。

「……それと、俺の娘も一度あんたみたいになったことがあるんだ」

店主の目線は、外套《がいとう》を羽織る異色の目を持つアインに注がれる。

「綺麗《きれい》な瞳だな、嬢ちゃん」

「あ、えっ⁉ ど、どうも？」

アインは戸惑いながらも、店主に向かって頭を下げた。

やがて、イベルがカートを押しながらこちらへとやってくる。絶えず右前のタイヤが回転し音を立てる、明らかな故障個体であった。

「アイン、入《はい》れそうか？」

「たぶん」

「ははは！ 乗るのか。まさかの使い方だな。それはやるよ。なに、気にするな。新品を買う口実ができたってだけだ」

そんな店主に、二人は恭《うやうや》しく礼を言った。

ジンはアインを横抱きにして、彼女をショッピングカートの中に座らせた。

「うん。意外と大丈夫かも」

カートの中で、アインは店主とイベルに丁寧に会釈する。

「えっと。私たち今、人形憑き《ドーラー》を探してるんです。最近、様子のおかしそうな人とか見ませんでした？」

「人形憑き《ドーラー》か……。あ、そういえば」

イベルが遠慮がちに手を挙げる。

「俺のテニス仲間にロイってやつがいるんだけど。今朝たまたまそいつを見かけたんだ。なんか、アイ……？　アインかな？　その人に会わせろとか言ってて、ずっと様子がおかしかったな。目も血走ってたし、腕もなんだか変だったような。……ん？　アイン？」

そこまで言って、イベルはアインに視線を向けた。

「さっき君、アインって呼ばれてた？」

ジンとアインは驚きで口を広げる。

ロイは、アインの友人の一人であった。

○

ショッピングカートの中にアインとベヤを乗せ、ジンは通りを駆ける。

ガランガランと、右前のタイヤがうるさく音を立てる。その音に負けないほどの声で、アインが「あはは」と笑う度、静かにしろとジンがたしなめる。

まるで風になったかのように、二人はなだらかな坂を下りていく。

ゼリービーンズのようにカラフルな屋根の家屋が、軌跡となって背後に滑っていく。その様を、籠の中に座るアインはベヤを抱きながら楽しそうに眺めていた。アインとベヤは、カートの中でリズミカルに体を揺らす。

煉瓦《れんが》製の建物で囲まれた道を走っていると、微笑を浮かべたアインが風景を眺めながら、不意にこう溢《こぼ》した。

「兄さん。私、楽しい。兄さんと二人で出かけるのなんていつぶりだろ」

自分の体がおかしくなって、国もおかしくなりそうなこの状況のどこが楽しいのだろう。

ジンは疑問を抱く。

「兄さんは人間が苦手なんだからさ。さっきみたいに人と接する場面は私に任せてよ。体、目立たないように頑張るからさ」

アインが遠い目をしてそう言った。ジンは、頼もしい妹のその言葉に表情を緩める。

「そうか。なら、呪形《カースドール》や悪魔や人形憑き《ドーラー》の相手は俺に任せろ」

「……ごめん。冗談か本気かわかんないんだけど」

ぎこちなく笑うアイン。

「そういえば、ロイとなにかあったのか？」

「え？　えっと。実はね」

しばらく言い淀《よど》んでから、観念したのかやがてアインが口を開いた。

「昨日、ロイくんに告白されたんだ。それの返事、保留してるの」

ジンたちは、ロイの家へと向かう。

先ほどの発言の後、なぜか俯《うつむ》いてしまったアインにかける言葉が見つからなかった。

アインとロイは幼馴染《おさななじみ》で、昔から仲が良かった。そんな二人を傍《はた》から見ていたジンからすると、どうしてアインが告白の返事を悩んでいるのかがわからない。

しばらく無言で走っていると、アインが急に声をあげた。

「痛っ」

思わずジンは、踵《かかと》で地面を削りながら急停止。

「大丈夫か!?」

心配しながらアインの顔を覗《のぞ》き込《こ》む。

彼女は、ガラスの右目がはまった眼窩《がんか》を手で押さえている。

「なんだろ。なんだか、呪い……？　の気配を感じるかも。私の右目が、私の体が、そう言ってる気がする。そこにロイくんがいるのかも」

アインは右目を押さえたままに、裏路地の方を指さした。

「呪いの位置がわかるのか？」

「うーん……。ロイくんが呪われているのか、この先にロイくんがいるのか、なにもわからないけど。私の体がこっちにいけって、そう言ってるの」

「わかった。なんの手がかりもなく探すよりはましだろう」

アインの指さす方向を見る限り、なんとかカートごと通れそうな幅だ。ジンは、狭い道幅の路地裏へと舵《かじ》を切った。

しばらく走り、路地裏を抜けた先には開けた草原が存在していた。

「兄さん、あそこ」

アインの視線の先。そこには、道の端の木製のベンチに座る人物の姿が。

「ロイくん」

小さく囁《ささや》かれたその言葉を聞き、ロイは勢いよくこちらに顔を向ける。短く刈り上げられた彼の栗毛《くりげ》と柔和な目つきは見る者に爽やかな印象を与え――。

「え？　ロイ、くん？」

――しかし、今のロイは違った。振り向いたロイを見て、アインの肌が粟立《あわだ》つ。

今の彼の姿は、アインがよく知るロイのそれではなかった。

それはまさしく、異相にして異形。

ロイの顔面の血管は強く浮き上がり、目は血走り、体全体が上気している。その中でもひときわ目を引くのが、通常の倍ほどに膨れ上がったロイの左腕。

彼が纏《まと》う異常なオーラにあてられ、ジンは一瞬にして理解する。

ラドラリーの呪いを受け、ロイが人形憑き《ドーラー》になってしまったのだと。

「アイン、一旦距離を……！」

「私、いってくる！」

既にアインは、ベヤをカートに残してロイの方へと歩き出していた。今の体で歩くことに慣れていない彼女は、千鳥足で今にもこけそうだ。ジンが、急いで彼女を追う。

ロイがゆったりとした動作でベンチから立ち上がり、アインを睨《にら》む。そうして彼はアインの元へと歩みだす。

「ごめんね、ロイくん。返事、ほっぽっちゃって」

アインが優しく声をかける。ロイは彼女のことを一瞥《いちべつ》しただけで無視し、そのまま歩いていってしまう。

――ジンの元へと。

膨れ上がった左腕を、ジンに向かってゆっくりと振りかぶる。

「兄さん、逃げ――！」

視界が軽く、五回は空と地面を往復。雑草の上を転がり、土の味が舌を這《は》い、木の幹に背を叩《たた》きつけられてやっと、ジンは殴られたことに気が付いた。

「兄さんッ！」

アインがジンの元に駆け寄ろうとするが、焦《あせ》った彼女はバランスを崩し倒れてしまう。

ジンは、全身の痛みに耐えながらも起き上がる。幸いにも骨は折れていないようだ。

ロイの左腕は、彼の右腕に比べ、二倍ほどの大きさに膨れ上がっている。だが、よく見るとそれは筋肉が盛り上がっているのではない。肌色の布やボタンを継《つ》ぎ接《は》ぎし、腕のような物を形成しているにすぎなかった。

ロイは、肥大した左腕をダラリとぶら下げながらジンの元へと歩み寄る。ジンは彼の腕をじっと見つめる。

カッコいい腕だなと、場違いなことを考えていた。

「ロイ。お前、意識はあるか？」

「――アァ？　なんだ？」

ロイが首に筋を浮かび上がらせながら目を細める。

ジンの心臓は素早いビートを刻んでいる。それはロイと話す緊張ではなく、人形憑き《ドーラー》と化したロイと会話が成立した興奮による喜びの鼓動であった。

「話せるみたいだな。なら一つ訊《き》きたい。お前最近、アンティークドールのパーツを拾ったりしたか？」

その言葉に、ロイの眉が数ミリ動く。

「さあ？　どうだろうなッ！」

言下に振り下ろされたロイの左腕を、横に跳ねなんとか躱《かわ》すジン。バキバキと、背後の木が軋《きし》む音が耳を襲う。

「お前と話すことなどなにもない。殺す」

「いや、ある」

「時間稼ぎなどなんの意味もない！」

ロイの咆哮《ほうこう》がジンの頬《ほお》を揺らす。

膠着《こうちゃく》状態が続き、張り詰めた緊張の糸が切れかけた瞬間。

「ロイくん、やめて！」

叫び、地を這《は》いながら、アインはなんとか二人との距離を詰めていく。

「黙れアイン。俺はこいつを消す。お前との話は、そのあとだ」

「そんなことさせない！」

兄を傷つけようとする様子のおかしいロイに、アインは立ち向かう覚悟を決める。

「人間じゃなくなった私が……戦わなきゃ」

ずるずると、まだ上手《うま》く動かせない磁器製の右足を引きずりながら、アインは匍匐《ほふく》前進で進む。時折立ち上がろうとするが、上手くいかない。

「兄さんも無理に説得なんてしなくていいよ！　そんなことしてる暇ないよっ！　人間が苦手な人形趣味《ドールマニア》のくせに！　ロイくんは今、人の話を聞けるような状況じゃない！　逃げて兄さん！　私が戦うから！」

しかしジンは動かない。アインのその言葉を、ジンは首を振って否定する。

「アイン。お前が……いや。俺たちが戦うべきなのは、ロイじゃない」

「え？」

「ロイの心だ」

アインはその場で動きを止め、ぽかんと口を開ける。

「なに、言ってるの？」

「俺たちは、ロイと……ロイの心と向き合わなければならない。ロイがああなったのは、俺たちのせいでもあるんだから」

「それは……」

アインは、思わず兄から顔を逸《そ》らす。

「戯言《ざれごと》をッ！」

放たれたロイの魔の剛腕を、ジンは避《よ》けなかった。

両腕を合わせた即席の盾で身を守るが、それだけで異形の腕の威力を殺しきることができるはずもなく、ジンはあえなく吹き飛ばされる。

涙目で地面を転がりながらも、ジンは再びロイに向き直る。

「どうして避けなかった」

「戦いたいわけじゃない。俺はお前と話がしたいだけだ、ロイ」

あまりにもまっすぐなジンの視線を受け、気圧《けお》されたロイは思わず一歩足を後ろに引いてしまう。次いで、ジンの瞳が自分の異相の左腕に注がれていることに気が付く。

「まずは謝らせてくれ。お前がそうなった原因の一端は、俺たちにある」

「あぁッ!?」

がなるロイにも引かず、ジンは頭を下げた。

「その上で俺はお前と話がしたい。悪魔の呪いは心に陰りがある者に巣食うらしい」

ジンは、ラドラリーが言っていたことを思い出しながら話していた。

「だから、なにを悩んでるのか俺に言ってみろ、ロイ」

「舐《な》めてんのか、お前！」

ロイが左腕で前方を薙《な》ぎ払《はら》う。初めから当てる気がなかったのか、彼の左手はジンの鼻先を掠《かす》めるだけだ。

「兄さん！　人間嫌いの兄さんがロイくんと話ができるわけないでしょ！　こんな時に冗談はやめて！」

「大丈夫だ、アイン」

ジンは、にやりとした顔で言う。

「ロイの左腕を見てみろ。こいつは今明らかに人間じゃないだろ。その証拠に、こいつからは怒りと微《かす》かな嫉妬の感情が伝わってくる。俺は、人形の気持ちがわかるからな」

「兄さん？　なにを……」

「人間以外とだったら俺はいくらでも話せる。毎日ベヤと話している俺のトークスキルを舐《な》めるな。……いやぁ、それにしても。カッコいい腕だな、ロイ。布が剥《は》がれかけたら、俺が縫ってやるから安心しろ。な？」

きらきらとした双眸《そうぼう》でロイの左腕を眺めるジンに、アインとロイの心が急速に冷え切っていく。

それからジンは、真面目《まじめ》な顔でこう言った。

「なぁ、ロイ。お前、アインのことが好きなのか」

「なッ!?」

唐突に吐かれたその言葉に、ロイは顔を赤らめて唾を吐く。

「うるせぇ！　だからなんなんだッ!?」

異形と化した左手でロイは自分の顔を覆う。そんな彼を見て、ジンは申し訳なさそうに頬《ほお》を掻《か》いた。

「すまない。人の色恋に口を出すつもりはないんだが……。そういうのは俺の専門外だしな。それに、好きな子の兄にはそんな話、したくはないか。アインの兄というだけで、俺はなにも関係ないしな」

ジンがそこまで言うと、ロイの眉間がぴくりと動いた。

「……るんだよ」

「え？」

「関係、あるんだよ」

ロイが左手を自身の顔からゆっくりと降ろし、薄い涙の膜が張った瞳を晒《さら》した。

「アインはな、暇があればずっとあんたの話をしてるんだよ、ジンさん！」

「アインが？」

ロイの叫びを聞いたアインが、急速に耳を赤くして顔を地面に向ける。

「な、なに言ってんのロイくん……ッ！」

「あんた、自分が周りから変な目で見られてんのは知ってるだろ？　それでもアインはな、あんたはそんなに嫌な人間じゃないって、必死に周りに伝えようとしてるんだよ。普通、爪はじきにされてる兄の話なんか、自分からしようとするか？」

ジンは、言葉を返すことができない。

「昔からずっとそうだ。あいつが俺に興味を持ってくれたことなんて、一度もなかった」

会う度にロイが睨《にら》んできたのは、俺のことが嫌いだったからなのだろうか、と。ジンが睫毛《まつげ》を伏せる。

「だから、俺を殺そうと？」

その問いに、微《かす》かに頷《うなず》くロイ。

「……なんなんだろうな、俺」

ロイの声は震えていた。

「アインに告白の返事を保留にされて。アインが現れたと思ったら、隣にはジンさんがいて。俺はあんたにいきなり殴りかかっちまうし……。俺、こんなこと本当にしたかったのかな？　どうしちまったんだろ……」

ロイの様子がおかしくなったのは、やはりパーツのせいだろう。ジンは、ロイの左腕を見つめながら、優しい笑みを目に刻む。

「ロイは、アインのどういうところが好きなんだ？」

思わぬ言葉に、ロイの涙が一瞬にして眼窩《がんか》に引っ込む。

「いや。単純に気になってな」

冗談や気を紛《まぎ》らわすために言ったのではない。ジンは真剣な表情で言う。

「あんた、なに言ってるんだ？」

「言い辛《づら》いなら先に俺から言おうか？」

「はぁッ!?」

ロイの頓狂な声がジンの頬《ほお》を打つ。

困惑する彼には構わず、ジンは淡々と語り出す。

「俺は、アインの明るくて素直な性格は好ましいと思っている。細かいことも気にしないし、ポジティブだ。あいつと生涯をともにしたら、きっと、笑顔の絶えない一生になるだろうな」

ジンの話を、ロイは呆気《あっけ》にとられたような顔で聞いている。

アインはというと。

「……聞こえてるってばぁ……！」

小さく囁《ささや》きつつ、顔を真っ赤にして地面の上でもだえていた。

ぱくぱくと口を開閉させながら、ロイは目の前の変人をただ見据え、小声で言う。

「普通、実の妹の好きなところがそんなにスラスラと出てくるか？」

「ん？　当たり前だろう。家族なんだから」

ここで初めて、ロイの表情に安らぎのような色が混ざる。

「……ジンさん。あんまり話したことなかったけど。面白いんだな、あんた」

「そうか？」

的外れなことを言われたと感じたジンが、片眉を上げる。

「で？　ロイは？」

水を向けられたロイが、腕を組んでしばらく考え込んだ後。

「まずはまあ、顔だな」

「顔」

「ああ。俺は、あいつの綺麗《きれい》な形の鼻が好きだ。あと、透き通った銀の髪も美しい。それに、細くてスタイルもいい。最高だ」

「なんか、見た目ばっかだな……」

「あとは、そうだな」

そこでロイは、ジンの目をじっと見つめてこう言う。

「家族を一番に思っているところ、かな」

「……そうか」

ここで初めてロイの視線を正面から受け取り、ジンは優しく微笑《ほほえ》んでみせた。

散々呪っていたはずのジンの気の抜けた笑みを見て、ロイの体から力が抜けていく。

「はあ、なにしてんだろうな、俺」

言いながら、ロイはそのまま地面に腰をおろし、あぐらをかいた。

「ジンさん。あんたと話してたら、なんだか毒気抜かれちまった。八つ当たりばっかして、俺って本当につまらねーやつだな」

「いや、そんなことは……」

……ぽとり。

ジンの目が、吸い込まれるようにロイの左腕に向く。

ロイが自分の内心を吐露する度、巨大化した彼の左腕を覆う布やボタンがボロボロと剥《はく》落《らく》する。それらは地面に落ちてしばらくすると消滅し、灰となってどこかへ消えていく。

「すまねぇ、ジンさん。いきなり殴っちまったりなんかして。俺、ジンさんのこと一方的に恋敵と思ってたけど、話してみてびっくりした。ヘンな人だけど、あんたかっけーよ。こんなバケモンみたいな腕に殴られても逃げようとしないし」

「こ、恋敵……？」

変な子だな。ジンは淡く微笑《ほほえ》む。

「ロイ、一つ訊《き》きたい。君が自分の衝動を抑えられなくなったのは、なにか変な物を拾ってからじゃないか？　さっきも言ったが、例えば、アンティークドールのパーツとか」

ジンの言葉に、ロイは何度も頷《うなず》いた。

「ああ……。そうだ。アインに告白の返事を保留されたあと、なんだかじっとしてられなくて、外を歩いてた。別に散歩したい気分でもなかったのにな。それで俺は吸い込まれるように、道の端に落ちてた人形の左腕を拾ったんだ。普段なら見向きもしないのに」

「それで？」

「それに触れた途端、そのパーツは俺の左腕に結合されたんだ。そこから先の記憶は、なんだかあやふやなんだよな」

「そうか、ありがとう、辛《つら》いことを話してくれて。……なあ、一つだけお願いがあるんだけど」

「？　なんだ？」

ロイの耳に顔を近づけ、ジンが小声で言う。

「左腕、ちょっと触ってみてもいいか？」

「……え」

煌《きら》めく笑顔をジンに向けられ、ロイの顔から血の気が引いていく。

「いや、人形の腕を持った人間に殴られるという貴重な経験はできたけど、まだじっくりとは触れてないからな。ああ、勿論《もちろん》、嫌だったら断ってくれていい。カッコいいその腕に触れてみたいというただの好奇心だから。勿論、下心なんてこれっぽっちもないぞ？　人形部分がちょっと残ってる箇所でいいから。な？」

いつもの陰気な彼はどこへやら。ぺらぺらと真顔で戯言《たわごと》を連ねるジンに、ロイは一瞬怯《おび》えたような表情を見せた。

しかし、ジンの内面に初めて触れた気がしたロイは、若干引きながらも笑顔を見せた。

「ああ。どうぞ」

「じゃ、じゃあ。遠慮なく」

まだ布が残っている部分に触れ、ジンが恍惚《こうこつ》の笑みで嘆息。

「なるほどなぁ。人形憑き《ドーラー》といっても、人形部分の素材は普通の人形やぬいぐるみに使われる物と変わらないんだな」

「……ねぇ、なんでちょっと仲良くなってんの？」

いつの間にか二人の傍《そば》まできていたアインが、ゆったりと立ち上がってそう言った。

「なんだ、アインか。俺は今、ロイの腕の観察で忙しいんだ」

「ちょっと！　なんだってなに⁉」

ジンは一旦アインには取り合わず、ロイの左腕にもう一度触れた。微《かす》かな装飾は残るものの、もうほとんど右腕と変わらない太さまで戻っている。

「ありがとう、ロイ。すまない、邪魔したな。あとは二人で気が済むまで話してくれ」

「兄さん⁉　ちょっと勝手すぎるよ！」

なんだか気まずそうに互いの顔を見るアインとロイを置いて、ジンはその場からゆっくりと離れていく。

先ほどロイが座っていたベンチに腰を下ろし、なんとなく二人の方を見る。アインとロイは、なにかを話している様子であった。

ロイがなにかを言うと、アインは恥ずかしそうに外套《がいとう》を脱いだ。様変わりした彼女を見て唖然《あぜん》とするロイだったが、自分の左腕を指さして小さく笑った。

その後、二人は二言三言、言葉を交える。すると、ロイの涙とともに彼の左腕の装飾が完全に剥《は》がれ落《お》ち、その中からアンティークドールの左腕が落下する。

それにいち早く気が付いたアインが手で受け取ろうとするよりも更に早く。

――猛ダッシュでやってきたベヤが腹の口でそのパーツを食《は》み、飲み込んでしまった。

○

丘の上から黄昏《たそがれ》の輝きが斜めに差し込む墓場。ショッピングカートは、ぽつりと立つ木の傍《そば》に置かれている。

両親の名が書かれた墓石の前で、ジンとアインは祈りを捧《ささ》げていた。外套を纏《まと》ったアインの頭の上には、ベヤが乗っている。

ベヤの首回りの綿には、ラドラリーの呪形《カーズドール》の右腕に続き、左腕もぶら下がっている。左腕は、ロイから零《こぼ》れ落《お》ちたパーツを食べた際に出現したものだ。

祈りを終えたジンが隣のアインを見ると、彼女は既に目を開けていた。

ジンの気のせいかもしれないが、墓場に立つアインはなんだか、他を圧倒するような禍々《まがまが》しいオーラを放っていた。

「お母さんとお父さんのお墓、特に変化はなかったね」

「ああ。ラドラリーはこの墓に干渉せずに母さんと父さんを生き返らせたか、あるいは、あいつはなにか違う願いを叶《かな》えたか……」

その場で深く考え込むジンではあったが、答えが出るはずもなかった。

「教会に急ごう。日が暮れる前には着いておきたい」

歩を進めるジンだったが、後ろからアインの足音が聞こえてこない。不審に思ったジンがアインの方に首を巡らせると。

「兄さん、訊《き》かないんだね。私とロイくんとのこと」

アインは墓前に立ったまま俯《うつむ》いた。夕風が彼女の髪先を揺らし、墓石の表面を陽光が撫《な》でる。アインは外套《がいとう》の端を手で強く掴《つか》み、その場で項垂《うなだ》れている。

「気になったりしないの？　結局、私とロイくんの関係がどうなったのかとか」

彼女の肩は、小刻みに震えていた。

「俺が口を出すことか？　それ」

その言葉に、アインは体ごとジンの方を向いた。彼女の表情は怒りに染まっている。

「さっきはめちゃくちゃ口出してたじゃん！　ロイくんに向かって！　なんで私には……」

「あれは一応、考えあってのことだ。悪魔の呪いは心に余裕のない者に影響を及ぼしやすいと、ラドラリー自身が言っていた。だから俺は、呪いが巣食ってしまった人間に心の内を吐露させられれば、呪いの力を軽減できるんじゃないかと考えた。そして、その考えは合っていた」

アインの顔を見ないまま、ジンが言葉を紡ぐ。

「あとはまあ。単純に呪形《カースドール》のパーツを取り込んだ状態のロイと話してみたかっただけだ」

つらつらと語るジンを、アインは下唇を噛《か》み、眺めていた。

「兄さんは本当、人間に興味がないよね」

「俺は……」

両親を殺されたあの事件以降、人間が怖いんだ。その言葉が喉につかえて出てこない。

思わず、ジンとアインはお互いのことを睨《にら》み合《あ》ってしまう。横合いから二人に差す夕焼けが、嫌になるほどに綺麗《きれい》だった。

だが、その膠着《こうちゃく》は長くは続かない。

ジンが先に眉間のしわを消し、次いでアインが肩の力を抜く。

「ゴメンね。急に変なこと言っちゃって。別に言い合いするつもりじゃなかったのに。私、お母さんとお父さんの前で、兄さんと喧嘩《けんか》したくないや」

「……俺もだ」

アインは後ろで手を組みながら、ひょこひょことまだおぼつかない足取りでジンの横に立つ。そうして、二人はショッピングカートの元まで一緒に歩き出す。

頃合いを見て、ジンが言う。

「あー、えっと。で、ロイとの関係がどうなったのかは、結局教えてくれないのか？」

さっそくのジンの言葉に、アインは吹き出してしまう。

「あはは、教えなーい」

アインが悪戯《いたずら》っぽく舌を出した。

○

ジンとアインが去ると、墓場に残された一組の男女が祈りをやめて互いの顔を見た。

「果物屋の青年から通報があったが……。目撃情報は本当だったようだな。あの二人のこと、君はどう思う？　ポーラ。女の方は、ただの人形憑き《ドーラー》か？」

手足の長い男性が問うと、ポーラと呼ばれた黒髪の小柄な女性が答える。

「体が人形のように変じるのは人形憑き《ドーラー》の特徴ですけれど、それにしてはあの子、雰囲気が禍々《まがまが》しすぎます。墓場にいる間は、特にそうでした」

「ふむ。僕も同意見だ」

「呪形堕ち《カーズドーラー》なら、時間とともに体に悪魔の特徴が出てくるはずですが、その兆候はまだありませんね。あと、あの子が頭に乗っけている人形、呪形《カーズドール》でしょうか。カワい……怪しいですね」

「相変わらず、君は素敵な美的センスをしているな。それにしてもやつら、堂々と呪形《カーズドール》を持ち歩いているのか？　フハハ！　面白い……。面白い二人だ！　……ああ、心臓が喜びでタンゴを踊り狂っているよ」

胸に手を当て哄笑《こうしょう》する男性。

「さあ、どうする？　僕がさくっと呪いを解体してもいいが」

「ゲルドリオさん。本部の指示を待ってください。前みたいに、怪しいからっていきなり聖水をぶっかけるの、やめてくださいね」

「フハハ！　安心したまえよ、ポーラ。僕はあの一件でしっかりと反省した。今度からは聖水をぶっかけるのではなく、口内に華麗にぶちこむことにするよ！　それだと体も服も濡《ぬ》れないだろう！」

「なんにも反省してないですね」

　ゲルドリオと呼ばれた男性は、高らかに笑うばかりだ。

「しかし、彼ら教会にいくとか言ってましたね。私たちが追わなくても、教会側が判断してくれるのではないでしょうか。彼らに、危険があるのかどうか」

「ふむ。ここから近い教会は、カロ神父のところか。彼は用心深い。少しでも怪しいと思えばすぐ本部に連絡をするはず。そちらは彼に任せておこう。僕たちは忙しい。『人形《ドール》の巨人』の情報を集めないといけないからな」

「先ほど城下町付近で目撃されたという情報が寄せられた、あれですか」

　言いながら、ポーラと呼ばれた女性が自身の左腕に視線を落とす。彼女の左肩から先には、ブラウンの木製義手が付いていた。肘の関節には接手《つぎて》が付き、指先は腕部分の突起を押すことで開閉でき、細かな操作を行うことができる。

「『人形《ドール》の巨人』と私のアプルベロス、どちらがかわいいでしょうか」

彼女の義手の手首には紐《ひも》が巻き付けられており、その紐に縛られるかたちで粘土細工がぶら下がっている。ポーラがアプルベロスと呼んだその粘土細工は、ケルベロスの三つの頭全てに林檎《りんご》の被《かぶ》り物《もの》が付いた、歪《いびつ》なデザインだ。

「どっちにしても、私は久しぶりの実戦です。上手《うま》くできるでしょうか」

「フハハ！　泣き言は君のアプルベロスにでも食わせておけ、ポーラ」

ゲルドリオが、両手の指の腹を合わせ、不敵に微笑《ほほえ》んだ。

「僕たち解体師《ブレイア》は歩みを止められないのだよ。全ての悪魔を人形《ドール》に封じるその時まで、ね」

「あ。珍しい鳥」

ぼんやりとした表情のポーラが、梢《こずえ》に止まった小さな青い鳥の方を向き、そちらに歩いていく。

「君もそう思うだろう？　ポーラ。……い、いない……ッ⁉」

愕然《がくぜん》としたのも束《つか》の間《ま》。青い鳥を見上げるポーラを見つけ、ゲルドリオの高笑いが墓場を満たす。

「フクハハハ！　勝手に姿を消してもらっては困るよ、ポーラ！　雑務を君に押し付けられなくなるからね！　フハハハ！」

無心で鳥を観察しているポーラの耳に、ゲルドリオの声は届かない。

三章　森に潜む教会

対人形憑き《ドーラー》、対悪魔のスペシャリスト。それが解体師《ブレイア》。

解体師《ブレイア》の仕事は二つ。

一つは、悪魔の魔力による被害、『呪い』の解体。

もう一つは、呪形堕ち《カーズドーラー》から悪魔を引きはがし、人形の中に封印すること。

以前は、エクソシストによる悪魔祓《ばら》いが主流であった。魔界から降臨し、人間にとり憑《つ》き悪事を働く悪魔は、エクソシストにより数を減らしつつあった。

だが、悪魔はずる賢く、それでいてしぶとかった。

いつしか悪魔は、祓われる瞬間に自身の魔力を周囲に撒《ま》き散《ち》らす術《すべ》を覚える。

悪魔を祓うと彼らの魔力が弾《はじ》け、周囲の人間に呪いを振りまき二次被害が起きてしまうようになった。それだけでなく、強力な悪魔は魔力だけの状態で宙を漂い、次の宿主を探して復活することも少なくなかった。

それ以降、再び悪魔の被害が増え始めるが、エクソシストも負けてはいない。

いくら祓《はら》っても被害が減らないことを嘆いたとあるエクソシストが、悪魔を祓うのではなく、封じられないだろうかと考え始める。

試行錯誤の末、初めての悪魔の封印に成功する。

封印に使用されたのはアンティークドール。封じた悪魔は、自身の魔力で人間を人形に変えてしまう非常に強力な悪魔であった。この悪魔による被害は凄《すさ》まじく、封印できたのは奇跡に近かった。成功したのは、その悪魔の魔力が人形と縁深かったためだろうと、当時のエクソシストは分析している。

解体師《ブレイア》本部に厳重に封印されているその人形――『原初の呪形《エクソディウム・カーズドール》』からは絶えず少量の魔力が溢《あふ》れ続け、世界中に充満している。

悪魔や呪形《カーズドール》に呪われると人形憑《ドーラー》きになってしまうのは、内在する『原初の呪形《エクソディウム・カーズドール》』の魔力が活性化してしまうためだ。

それが、今から約五十年前のこと。

悪魔の封印が主流となってからは、エクソシストという呼称がいつの間にか解体師《ブレイア》へと変じていった。その名残からか、彼ら解体師《ブレイア》は今でも現代のエクソシストと呼ばれることがある。

○

「──兄さん？　なんかぼうっとしてない？　自分の指、針で刺しちゃうよ？」

ジンたちは今、鬱蒼《うっそう》とした森の中の切り株に腰を下ろしている。教会を目前に、とうとうガタがきてしまったカートを一旦止め、森の中で少しばかりの休憩をしていたのだ。

そんな折、ジンはアインとベヤの体の一部がほつれていることに気が付き、ここで縫うと言い始めた。

ジンは、パッチワークで形成されたアインの右手のほつれた箇所を、自前の裁縫セットで縫い合わせている途中であった。どうやらアインは人形《ドール》に変じた部分は痛みを感じないらしい。

「すまん。針を持っているときに放心するなんて俺らしくもない」

「どうかしたの？　考え事？」

「いや。こうやっていると、昔は人形師になりたかったことを思い出したんだ」

「楽しそうにお父さんの仕事手伝ってたもんね。今は違うの？」

アインが上目遣いでジンを見る。

「人形《ドール》は好きだが、人形作りの知識はそこまで持ってないからな」

「そんなの、今からいくらでも勉強できるでしょ。それに、兄さんたぶん、人形師としてしか生きていけないんじゃない？　人形以外のことにやる気も興味も湧かないし、そもそも人と接する仕事、絶対できないでしょ」

「いや、まあ、それはそうだけど。……凄《すご》い言いようだな」

「その分、人形師はずっと人形に触れられるし、あんまり人とも関わらないし。兄さんの天職なんじゃない？」

「なれたらな」

話しながら、アインとこんな話をするのはいつぶりだろうかとジンは感慨にふける。

アインも、久し振りにジンとまともに話せるのが楽しいのか、終始機嫌が良さそうだ。

しかし、少し話せるようになったというだけで、ジンは心のどこかでまだアインに壁を作ってしまっていた。

玉止めをした糸を糸切バサミで切り、アインの腕の修復が終わった。

アインは、ジンが針を通した部分を愛《いと》おしそうに手で撫《な》でる。

「ありがとね」

ジンは次にベヤを見た。ベヤは、腹の口が動く度に体のあらゆる場所に亀裂が走り、ところどころから綿がはみ出しそうになっていた。

ベヤの縫合を始めたジンを、アインが興味深そうに見ている。

「私は呪われてるようなものだから例外として。兄さんはベヤちゃんに触っても問題ないの？　一応、ラドラリーの呪いがかかってるんだよね？　ベヤちゃん」

「確かに平気だな。まあ、呪形《カーズドール》といえど触ったくらいじゃなんともないんじゃないか？」

「でも、ずっと呪形《カーズドール》と一緒にいたら多少は体に影響が出そうなものだけどね。特にベヤちゃんは、あの強そうなラドラリーの呪いを受けてるし、パーツも持ってるし」

試しにジンが、ベヤの首の綿からぶら下がっているラドラリーのパーツを強く握ってみるが、なにも起こらない。

「兄さん、呪いに耐性があるんじゃない？　人形にも悪魔にも、恐怖を感じてないから」

「かもな」

応急処置が終わったベヤのことを、アインがじっと見つめている。彼女の無垢《むく》な瞳には、ベヤの腹部の大口が映り込んでいた。

「ベヤちゃんのお腹《なか》の口ってどうなってるんだろうね。この先、どこに繋《つな》がってるの？」

そんなことを言いながら、アインは躊躇《ためら》いなくベヤの腹の口に頭を突っ込む。

「!?　お前はッ——」

反射で手を伸ばしたジンは、アインの外套《がいとう》を引っ張り、なんとか彼女をその場に引き留めることに成功した。

「……恐怖って言葉知ってるか？」

「えっ？　兄さんも怖がらずにパーツ触ってたじゃん」

既に頭の半分ほどをベヤの大口の中に入れてしまっていたアインは、唾液まみれの顔をジンに向けた。

「で、なにか見えたのか？」

言いながら、ジンがタオルでアインの顔を拭いてやる。

「なんか、よくわからなかった。いろんなものが浮いてて、いろんな場所が見えた。だからたぶん、異空間？　とかになってるんじゃないかな」

「そんなよくわからん場所に顔突っ込んで、よく平気な顔していられるな」

「なんか、かっこよかったよ？」

冷や汗を浮かべるジンとは対照的に、アインはけらけらと笑っている。

「あ、もしかして」

アインは、今度は自分の服を捲《まく》り自身の腹をジンに見せた。彼女の腹には、ファスナーが斜めに付いている。

「私のこのファスナーの先も、異空間に繋《つな》がってたりするのかな？」

予想のできないアインの行動が重なり、ジンは眩暈《めまい》を覚える。

「なんか危険な匂いがするな……。やめといたほうがいいんじゃないか？」

「兄さんの意気地なし！　大丈夫だって！」

そうして、アインは自身の腹のファスナーを力強く開け放つ。

……だが、アインによってそのファスナーはすぐに閉じられた。

「あ、おい。なにか見えたのか？」

「き、気持ち悪いのでノーコメントで……」

青ざめるアイン。彼女がなにを見たのかなんとなく察し、ジンまで嫌な汗を掻《か》いた。


壊れたショッピングカートを押すジンの肩を借りながら、アインは自力で歩く練習をする。教会に着く頃には、アインはなんとか一人で歩けるようになっていた。

「ここか？」

その教会は、ひっそりとした森の奥地に存在していた。看板には、「聖アルマン教会」とある。木々の枝葉の輪郭に囲われた中に浮かび上がる真白な外観。壁面には蔦《つた》が這《は》い、その建築は見事に自然と一体化している。

屋根に取り付けられた豪奢《ごうしゃ》なステンドグラスを眺めながら、二人は教会の入り口へと近づいていく。カートは邪魔にならないように壁際に置いた。

ジンが教会の入り口に手をかける。すると、横にいるアインと、彼女が抱くベヤが小刻みに震え始める。

「どうした？」

ジンに問われたアインは、血色の悪い顔で言う。

「神聖な場所だからかな。なんだか、体が拒絶してる気がする……」

ベヤはともかくどうしてアインも？　と、ジンが訝《いぶか》しむ。

「無理はするなよ」

アインは頷《うなず》きつつ、ジンの服の裾を掴《つか》んで彼についていく。

慎重に、ジンが扉を押した。

目を細めながら教会内に足を踏み入れると、長い身廊《しんろう》が二人を迎えた。

木製の床の両端には二人掛けの椅子が並び、通路の中央にはレッドカーペットが敷かれている。鼻先を撫《な》でるのは、どこか郷愁を思い起こさせるような、優しい木材の香り。

天井や壁面には、まばらに配置されたステンドグラス。そこから漏れ落ちる燦爛《さんらん》たる光が溶け込む異彩な空間は、どこか二人の現実感を薄れさせる。

そんな教会の中で二人が見たのは、一人の神父の姿。

二人の姿に気が付き、窓を雑巾で拭いていた神父が優しく微笑《ほほえ》んでみせた。

「これはこれは、随分と若い来訪者だ」

柔和に顔を綻ばせながら近づいてきた初老の彼はカソックに身を包み、その胸には首から下げられたロザリオが輝きを放っていた。髪には、白い物が混ざっている。

神父の視線がアインの抱くベヤへと注がれ、彼は神妙に眉をひそめる。

「なるほど。祈りを捧《ささ》げにきたわけではなさそうだ。今日はなにか事情があってここまできてくれたんだね？　私で良ければ話を聞かせてくれないかな」

優しい空気を纏《まと》った彼に口を開きかけたジンだったが、上手《うま》く言葉が出てこない。頭に霧がかかり、視界から色が消える。目の前の神父の目を、ジンは見ることができない。ジンの脳裏に、過去のトラウマが蘇《よみがえ》る。もしも目の前の神父が、あの笑顔の奥に別の本性を隠していたら……。

俯《うつむ》いてしまったジンの肩に、優しく手が置かれる。

「言ったじゃん。人間相手は私に任せてよ」

外套《がいとう》を纏ったままのアインが、神父の前に姿を現す。

アインの黒ガラスの右目を見た神父の動きが、一瞬固まった。

「今日は、私の体がどんな状態にあるのか見てほしくてここにきました」

ベヤをジンに預け、アインはなんの躊躇《ためら》いもなくその場で勢いよく外套を脱ぎ捨てた。

彼女の異形の体が教会内に晒《さら》される。

「あと、私たち、悪魔と契約しちゃいました。どうすればいいですかね？」

アインの見た目とその発言に、神父と――ついでにジンの表情が強張《こわば》った。

「お前！　いきなりなんてこと言ってんだ！」

「いや、隠せるようなことじゃないでしょ！　事実だし！」

神聖な場で言い合いをする二人を、神父は驚きの色を浮かべた表情のままに観察する。

しかし、感情のままに二人を拒絶するようなことはなく、ジンとアインの汚れた衣服を見た神父は、優しくこう言った。

「どうやら、長旅でお疲れのようだね。お茶でもしながらゆっくりと、君たちの話を聞かせてもらおうかな」


ジンとアインは、広間の奥のドアから繋《つな》がる部屋へと案内された。

どうやらそこは休憩スペースのようだ。中央のテーブルを囲むように設置されたソファとその上に載った新聞が、少しだけ生活感を漂わせている。

神父がジンとアインをソファに座らせ、彼も二人の対面のソファに腰を下ろす。テーブルの上には、神父が淹《い》れたストレートティーが三人分並んでいる。

「私は、この教会の司祭のカロだ。よろしく」

カロ神父は、ジンとアインに握手を求めた。

アインは自身の継《つ》ぎ接《は》ぎの右手で優しく握り返す。

「私はアイン。こっちが私の兄のジンです」

もごもごとするジンに代わり、アインがそう告げる。

「兄は人間が苦手なので代わりに私が話します。この人、人間相手だとポンコツなので」

あまりにもなアインの言いように言い返してやろうとも思ったが、ジンは口をつぐむ。アインの言っていることは正しい。それに、アインの対人能力にはジンも一目置いているし、助けられている。

強くベヤを抱きしめるジンを見て、カロが渋面を作る。

「それは、呪形《カーズドール》かな？　呪われただけで、中に悪魔はいないようだが」

「あっ、えッ、えと……」

「わかるんですか？」

目をぐるぐるとさせるジンの代わりに、アインが口を開いた。

「ああ。私は元、解体師《プレイア》なんだ」

鋭いカロの視線を受け、ジンはベヤを庇《かば》うように自分の背に隠した。

「もしかしてベヤちゃん、解体されちゃいますか……？」

怯《おび》えたようなアインを安心させるように、カロは少し表情を緩める。

「なるほど、ベヤという名前なんだね。君たちが望めばベヤくんの呪いを解くこともできるけど、どうする？」

「兄さん、どうしよう？」

どこか寂しそうなアインの顔を見て、ジンの胸にも寂寥《せきりょう》感が湧く。

呪形《カーズドール》となり、命を得たように動くようになったベヤに二人は親しみを覚えていた。だが、呪いを解き、元の姿に戻してやりたいという気持ちもある。

「ベヤは……どうしたい？」

ベヤを再び腹の前で抱き、その頬《ほお》を撫《な》でるジン。ベヤはジンの腹に顔を埋《うず》め、ぽんぽんとジンの腕を叩《たた》く。

その異形のぬいぐるみから伝わってくる気持ちは、二人の傍《そば》にいたいという強い思い。

「もうちょっと、俺たちと一緒にいたいらしい」

兄に言われ、アインが曇り顔を晴らす。

「カロさん！ 信じてもらえないかもですけど、兄さんは人形の気持ちがわかるんです！ ベヤちゃん、もう少しこのままで様子を見てもいいですか？」

呪形《カーズドール》を家族のように扱う不思議な兄妹に、カロが穏やかに開口する。

「そうかい。わかったよ。悪魔もいないようだし、そこまでの危険性はないだろう。人形《ドー》憑き《ラー》や呪形《カーズドール》は本来、悪魔の呪いを受けた被害者だ。最も危険なのは……悪魔が宿る呪形《カーズドール》。君たちは、悪魔が宿る呪形《カーズドール》と出会い、契約してしまったんだね？」

二人は、同時に頷《うなず》いた。

緊張を落ち着けるように、アインはカロが用意したストレートティーに口を付ける。口当たりの良い深い味わいが口腔《こうこう》を満たす。

「兄さんが拾った呪形《カーズドール》の中には、ラドラリーという悪魔がいました。兄さんは、その呪形《カーズドール》に私たちの両親を生き返らせてもらおうと思ったみたいです。私たちは、二年前に両親を亡くしています」

その言葉を聞き、カロが驚きに目を見張る。

「そこから兄さんはちょっと変わっちゃって……。その事件の原因が自分にあると思ってるんです。そんなこと、ないのに」

アインの声量は、少しずつ空気の抜けていく風船のようにしぼんでいく。

「それは……大変だったね」

出会ったばかりのジンとアインの過去に思いを馳《は》せ、優しい神父は胸を痛めた。

「では、呪形《カーズドール》の中の悪魔と契約をしたのはジンくんかい？」

向けられた視線から逃げるように下を見ながら、ジンがなんとか声を出す。

「え、あっ、そ、それが……。よく、わからなくって……。本当に、契約が履行されたのか、どうかも……」

徐々に声をすぼめていくジンにアインが助け舟を出す。

「契約時、私と兄さんは二人とも意識を失っていたんです」

「ふむ。その呪形《カーズドール》はなにかに入っていたかね？　例えば、箱とか、檻《おり》とか」

「鳥籠に入っていたんですけど、私たちが目覚めたときには籠から出て、どこかに消えていました」

ジンの代わりに、アインが答えた。

「そうなると恐らく、君たちとラドラリーとの契約は成立してしまっているだろう。悪魔の封印は基本的に、彼らと契約をする以外で解く方法はないからね。悪魔というものは本当に危険な存在でね。強力な悪魔になるほど、二重、三重、四重といった厚い結界の中に封じ込め、それで悪魔の力を抑えるんだ」

カロが顎をさすりながら、話す内容を頭の中で整理していく。

「悪魔は、人間と契約をした際に大量の魔力を得て、その力を利用し封印を無理やり解こうとする。話を聞くに、その悪魔は上級クラスの手合いだったのだと思うよ。そんな相手と対話をして、二人の命があるのは、奇跡だ」

カロが十字を切り、神に感謝を告げる。

「ラドラリーは、二人のうちのどちらかと契約をし、封印から解き放たれたんだ。だから、その悪魔は鳥籠の外にいたのだろう」

「お……俺たちの、二人ともが願いを叶《かな》えた、可能性は？　代償は、恐らくアイン……が……」

カロを前にし、最後まで言葉が出てこず、ジンはベヤをぎゅっと抱き寄せた。

「悪魔が契約をする人間は基本的に一人。代償を求めるのも、契約をする相手であることがほとんどだ」

カロ神父の目線が、アインの異相の体に注がれる。

「アインくんが代償を体の部位で払ったのなら、願いを叶えたのはアインくんである可能性が高いだろう。しかし、代償がアインくんの半身ではない場合は、その限りではないだろうがね」

ジンが流し目をアインに送る。

「でも、どうしてアインが？　俺が契約しようとした際はあんなに反対しただろ。お前はなにを願ったんだ？」

「それは……」

アインは言《い》い淀《よど》み、ジンから視線を逸《そ》らす。

「お父さんとお母さんの蘇生《そせい》だよ」

ジンは、思わず生唾を飲みこんだ。

もしかするとアインは、ジンに代償を払わせないために自分で契約をしようとしたのではないか。その可能性に、胸を痛める。

ジンは頭を抱え、一人でぶつぶつと言葉を溢《こぼ》す。

「アインが代償を払ったのに、父さんと母さんがいないのはどうしてだ？　ラドラリーのやつ、アインから体だけ奪っていったとかじゃ……」

「それはないだろう。悪魔は狡猾《こうかつ》だが、契約の際に彼らは嘘《うそ》を吐《つ》かないし、約束を破らない。約束を破ると契約が履行されず、悪魔は封印から解放されないからね。だから、そもそも君たちのご両親は生き返っていないのかもしれない。だからこそ、もう一つの可能性が考えられる」

カロは人差し指を立て、声を潜める。

「アインくんが、両親を蘇生《そせい》させるという以外の願いを叶《かな》えてもらった、とかね」

カロの柔和な笑みが、ジンとアインを覗《のぞ》き込《こ》む。

「悪魔はね。人間の本心を知ろうとして、人間の心の底からの願いを叶えようとする。その方が、人間との契約を結びやすいからね」

ジンの視線が、アインの樹脂粘土製の左手と、その甲に浮かぶ呪印に止まる。なんだか見てはいけないような物を見た気分になり、すぐに目を逸《そ》らす。

アインの本心はなんなのか。彼女は何を願っていたのだろうか。

そこでジンは改めて思う。俺はアインのことを知らない。知ろうともしていない。疑問をぶつけようにも、ジンは上手《うま》くアインに踏み込めない。自分で作った大きな壁が、心の前に大きく立ち塞がっている。

歯がゆさに、ジンはただ拳を強く握り占める。

「すまないね、ただの可能性の話さ。契約のことはあまり考えない方がいいかもね。今はきっと答えが出ないから。他に訊《き》きたいことがあれば、私でよければ答えるよ」

「ア、アインの……この体は、元に、戻りますか？　ど、どういう、状態なんでしょう」

ジンが遠慮がちに訊くと、カロは手で口元を覆い、しばし考え込む。

「アインくんがただの人形憑き《ドーラー》なら、呪いを解体すれば元に戻るさ。ただ、それが代償によるものなら難しいだろうが……。方法はゼロではないだろう」

一筋の光明に、ジンが胸を撫《な》で下《お》ろした。

「恐ろしいのは呪形堕ち《カーズドーラー》である可能性だが、悪魔の特徴はどこにも表れていないようだね。ああ、そうだ。そのラドラリーという悪魔は今どこにいるのかわかるかね？」

その質問に、アインが答える。

「ラドラリーは呪形《カーズドール》のパーツを六つに分解し、この国にばら撒《ま》きました。呪いを振りまくと言って」

「なんと大胆な……。となると、ラドラリーの本体はそのパーツの中のどれかにいる可能性が高いかもね」

アインが、ベヤの首の綿からぶら下がる二つのパーツを指さした。

「パーツの一つはベヤちゃんに入っちゃったんです」

「なるほど……。ベヤくんが自由に動けるのはパーツの影響なんだろうね」

「もう一つのパーツは、そのパーツを拾って人形憑き《ドーラー》になった人から回収しました」

「本当かい？　上級悪魔の呪形《カーズドール》のパーツを持った人形憑き《ドーラー》なんて、そこらの人形憑き《ドーラー》よりよほど強力になっていただろうに」

アインが、したり顔を浮かべる。

「それは、兄さんが頑張ってくれたので」

「いや、俺は別に……。楽しくロイと話しただけだ」

強がりでも驕《おご》るわけでもなく、ジンは素直にそう言った。

「カロさん。私たちがラドラリーを解き放ったせいで、オブリエにはラドラリーの呪いが溢《あふ》れています。呪形《カーズドール》も人形憑き《ドーラー》も今後増えていくと思います。私たち、どうすれば……」

暗い表情のアインを安心させるように、カロが言う。

「……ああ、きっと大丈夫さ。腕利きの解体師《ブレイア》に連絡をしておくからね」

カロにそう言われ、アインとジンは少しだけだが安心することができた。

○

荘厳な内装の教会を、ベヤを抱いたジンと、アインが並んで歩く。いつの間にか暮れていた空に浮かぶ月明かりが窓から静かに差し込み、床の上に光の幕を下ろしている。

ジンが横目でアインの表情を窺《うかが》うと、彼女は少しだけ苦しそうに眉をひそめていた。

「すまん、アイン。少し長居しすぎたな。大丈夫か？」

ジンは、教会に入る前にアインとベヤの様子がおかしかったことを思い出していた。

「ごめん。ちょっとトイレいくね。どこかなあ」

そう言い、アインはフラフラと歩き出す。

「気を付けろよ」

彼女の背中にそう声をかけてから、ジンは教会内の散策を再開した。

「ベヤも大丈夫か？」

ベヤが頷《うなず》き、広間から横に伸びる通路を指さした。

「なんだ？　あっちにいきたいのか？」

そちらの通路を歩くと、ジンの背丈の二倍ほどはあろう大きさの石像が床に影を落としていた。そのどれもが丁寧に磨かれており、カロの信心深さが窺える。

「ん？」

ジンの視線の先。通路の最奥に南京錠《なんきんじょう》付きの古びた扉が存在した。なんてことのない扉ではあるが、ジンはそこから目が離せない。その奥から溢れる、奇妙なオーラを感じ取ったのだ。

それは、神聖な教会にはありえないはずの、あまりにも禍々《まがまが》しい威圧感。そう、それはまるでラドラリーのような……。

「その扉が気になるかい？」

びくりと肩を上げ、声がした方を見る。

通路の先。ゆらりと佇《たたず》む影がこちらをじっと見つめていた。

「ああ、驚かせてすまない」

にこやかに笑いながら、カロ神父がジンの元へと近づいてくる。

「アインくんは？」

「え、あっ、な、なんだか、調子が悪いみたいで。トイレ、です」

ジンの言葉に、カロは片眉を上げた。

「ふむ。心配だね」

期せずしてカロと二人きりになってしまったジンは、心の中で一刻も早いアインの帰還を願いながらベヤを強く抱きすくめる。緊張で異常な量の汗をかくジンの横に立ったカロが、件《くだん》の扉の方に体を向けた。

「ジンくん。どうして呪形《カースドール》は悪魔に有効なのか。そして、なぜ彼らは人形から出てこられないのか、わかるかい？」

頭《かぶり》を振るジン。

「封印ならば、悪魔祓《ばら》いほどの労力を要さないんだ。悪魔を弱らせるだけでいいからね。それに、封印なら悪魔にとり憑《つ》かれた人間の命を救うこともできる」

扉を眺めたままに、カロが言う。

「それで、どうして人形が悪魔に有効なのか。……『原初の呪形《エクソディウム・カーズドール》』の魔力の影響は授業で習っているかな。そのおかげで、悪魔は人形に封じられやすいんだ。本来なら魔界にしか存在しない力、それが『魔力』。だが、魔力は悪魔を封じる呪形《カーズドール》を媒介とし、この世界にも溢《あふ》れるようになった」

　扉を向いたまま、カロが続ける。

「悪魔を人形に封印できるのは『原初の呪形《エクソディウム・カーズドール》』の魔力の影響も勿論《もちろん》あるが、それだけじゃない。もう一つの理由は、人形が人の形をしているからだと言われているね」

「人の、形……」

「悪魔にとって最もとり憑きたい相手は人間だ。悪魔は暗い感情を持つ者ほど強い。彼らは人間のほの暗い感情を食い、更に強くなる。だから、今まで散々人間にとり憑いてきた彼らは似た形をした人形の中でも魂が馴染《なじ》んでしまうんだろう。ゆえに、抜け出せない」

　ジンは、カロの話を興味深く聞き、下を向いてぶつぶつと言う。

「……なるほど。悪魔を封じ込めるための人形が人型ばかりなのは、ちゃんと意味があったのか」

　人形に感心を示すジンを思い、カロはこんな話を彼にする。

「一度封印が解かれてしまった悪魔をもう一度封印するためには、同じ呪形《カーズドール》を使わないといけないことは知っているかな？」

「悪魔の呪いを分散させないためだ。一度悪魔を封じた人形は呪形《カーズドール》となるからね。同じ人形を使うのは、呪形《カーズドール》を増やさないためなんだ」

ジンは、感心したように頷《うなず》く。

「それに、同じ呪形《カーズドール》を使うほうが二度目の封印を行いやすいんだ。その呪形《カーズドール》には悪魔の魔力が染み込み、魂が定着しやすくなっているからね」

ジンは、人形好きの自分を忌み嫌うどころか、積極的に人形の話題を振ってくれたカロに、畏敬の念を抱いた。

「アインくんもきたね」

カロが目を向けた方をジンが見ると、こちらにやってくるアインの姿があった。心なしか彼女の顔色は良くなっているように見える。妹の帰還に、ジンは少しだけ安心する。

「ちょっと元気になったよ、兄さん。あ、カロさんもいる」

「ふむ。アインくんも元気になったようだし、せっかくだ。皆で中を見てみるかい？」

「この中にはなにがあるんですか？」

アインの問いに、いつもの笑みを崩さずにカロが言った。

「——呪形《カーズドール》さ」

「呪形《カーズドール》にも色々あってね。悪魔の呪いがこもっただけの物、悪魔自身が封印されている物。悪魔が封印された呪形《カーズドール》は教会等の神聖な場所や、解体師《ブレイア》本部に保管されることになっている。呪形《カーズドール》の力を少しでも抑えつけるためにね。警備の面でも教会は安全だ。悪魔は立ち入り辛《づら》い場所だし、神父は、昔解体師《ブレイア》だった者も少なくないからね」

南京錠《なんきんじょう》に鍵を差し込むカロ。

「呪形《カーズドール》の保管方法が正式に決まる前は、悪魔が封じられた呪形《カーズドール》も平気で捨てられることがあったらしい。一度封じたから、もう安全だと思ってしまったのかもね。だからね、悪魔が入っている物もあるから、本当は怪しい人形を拾ったりしてはいけないんだよ、特に人型のはね。……まあ今の時代、そんな物が残っている可能性はかなり低いだろうけれど」

南京錠を外し、カロが扉を開く。カロに続き、二人は恐る恐るその薄暗い部屋に足を踏み入れる。埃《ほこり》っぽい匂いが鼻を刺した。

「本当は私も、こんな禍々《まがまが》しい物を教会に置きたくはないけれどね」

その部屋は、牢屋《ろうや》のような構造になっていた。室内の中央に重々しい檻《おり》が設置され、部屋が二分されている。

ジンは、檻の向こうの床に置かれた物に目を奪われた。

それは朽ちかけた鳥籠であった。ラドラリーの呪形《カーズドール》が入っていた物に似ているが、よく見れば細部が違う。その籠の中には、白いドレスを着せられた美しい人形が座っている。

その人形の腹部には小さな穴が空き、その穴からは何かがせり出していた。

「あの腹の穴は……？」

訊《たず》ねるつもりはなかったが、人形への興味からかジンの心の声が漏れていた。

「呪形《カーズドール》には封印した悪魔の体の特徴が現れることがあると言われている。封印元の悪魔の特徴か、それか、ただの人形の欠損痕かもね」

一目見ただけで、それが普通の人形でないことが、ジンにもアインにもわかった。

ラドラリーと対峙《たいじ》した際と同等かそれ以上の、圧倒的な威圧感。

その理外の圧力に、ジンとアインはそそけ立つ。

体調が回復したはずのアインが、その白ドレスの呪形《カーズドール》を見た瞬間に震え始めた。アインは、自分のパッチワークの右腕を左腕で抑え込んでいる。彼女の顔は、脂汗で埋め尽くされていた。

「ベヤ？」

ジンの腕の中で、ベヤが唐突に暴れ始める。嫌な予感に、ジンの体に鳥肌が立った。

歯を鳴らしながら、アインが呟《つぶや》く。

「兄、さん……！　なん、か、体、が……？　ひっぱ、られる……！」

アインの挙動はどこかおかしかった。なにかにひきずられるかのように、アインは檻《おり》に向かって歩み出す。

血相を変えたカロ神父が叫ぶ。

「ジンくん！　アインくんを連れて今すぐ部屋を出よう！」

その言葉で我に返るジン。ジンとカロは二人がかりでアインを無理やり部屋の外に連れ出した。急いで扉を閉め、カロが南京錠《なんきんじょう》をかける。その頃には、アインの震えは止まり、ベヤも大人しくなっていた。

「今のは……?」

呆然《ぼうぜん》としているアインに代わり、肩で息をしながらジンが訊ねる。

「わからない。アインくんたちの魔力にあてられ活性化したのか、もしくは……」

ちらりとアインを見やるカロ。視線を受けたアインがハッとして現実に戻ってくる。

「カロさん、あの人形なに!?　私、様子おかしかったですよね!?」

「あれはね……上級の悪魔が封じられている呪形《カーズドール》なんだ。実は、その悪魔を封じたのは私の父でね。凄腕《すごうで》のエクソシストだったんだよ」

カロは、首から下がるロザリオを指で撫《な》でてみせた。

「驚かせてすまなかったね。ともかく、アインくんはもうこの部屋には近づかない方がいいだろう」

カロの忠告に、ジンとアインは静かに頷《うなず》いた。

出発の支度をして、ジンとアインは教会をあとにする。

壊れたショッピングカートはカロが預かってくれるというので、二人はその厚意に甘えることにした。

「気を付けていくんだよ。なにかあれば、いつでもここにくるといい」

窓の外には、巨大な月に照らされた夜の森が広がっている。

教会内の休憩室で、沈痛な面持ちのカロが黒電話を手に取った。

「ああ、私だ。強力な悪魔と契約を結んだ兄妹が現れた。今後、契約者が呪形堕ち《カーズドーラー》になる可能性もあるだろう。紅茶に聖水を混ぜて様子を見たが、妹の方がかなり怪しい。……それに、場所は教えたくなかったが、呪形《カーズドール》に会わせてみたら共鳴したのか反応を示した。ああ、私では手に負えないと判断した。……。非常に心苦しいが……」

手の平で額を覆い、カロが肺の中の空気を全て吐き出す勢いでため息を吐《つ》いた。

「――彼女たちの元に、腕利きの解体師《ブレイア》を派遣してくれ」

四章　暗闇の中、微《かす》かな未来

　今の体で問題なく歩けるようになってきたアインであったが、それでもジンはできるだけ足場の悪くない道を探しながら夜の森の中を進んでいた。

　二人が目指すのは宿屋。時間も遅く、今から家まで帰るのは現実的ではないだろう。

「さっきからなにか人の気配を感じる気がするんだが、お前はどうだ？」

「わかんない。……でも、じんわり目が痛むかも。ロイくんのときと似た感じ」

「まさか、パーツ持ちの人形憑き《ドーラー》か？　気を付けよう」

　今までよりも一層気を引き締め、二人は休むことなく足を動かし始める。

　枝葉の間から覗《のぞ》く月を眺めるのにも飽きた頃。

　なにかに気が付いたジンが、腕でアインの進行を遮った。

「どうしたの、兄さ――」

顔の前で人差し指を立てているジンを見て、アインは今更のように声を潜めた。

ジンの視線の先。そこには、木々の密集率が薄れて少しだけ開けた空間があった。その端の一際大きな木の傍《そば》で、なにやら男女の二人組が言い合いをしている。

「あの、ゲルドリオさん。もうすぐあの二人きちゃいますよ？　迎え撃つ構図なんてなんでもよくないですか？」

「そうはいくまいよ、ポーラ。せっかくのご対面だ。できるだけ格好よく迎え撃ちたいだろう？　ほら、人は第一印象が九割、悪魔は第一印象が十割とよく言うじゃないか！」

「それ、きっとゲルドリオさんの脳内辞書にしか載っていません。というか、首。私の首もげちゃいます。早くしてください。ゲルドリオさん重いんで」

「フハハ！　首を鍛えるいい機会と思ってもう少し辛抱してくれ、ポーラ！」

なにやら言い合いをしている二人のことを、ジンとアインは木陰から見守っていた。

「……あの二人のどっちかから、パーツの気配がするかも」

そうアインに耳打ちされ、ジンは思わず背筋を伸ばす。

その二人は大柄な男性と小柄な女性のコンビで、よく見ると、なぜか女性が男性を肩車していた。女性の肩に乗った男性は、そのまま巨木の幹に手をかけている。

なにをしているのかはさっぱりわからない。だが、アインのパーツへの反応もあり、ジンはなんだか嫌な予感がした。

「逃げよう」

アインに囁《ささや》き、二人は前を向いたまま同時に一歩下がる。

その瞬間、ジンの踵《かかと》が小枝を踏み、折ってしまった。

刹那、女性の視線がこちらを向く。

闇夜を縫い、アインと彼女の目が合ってしまう。

ただならぬ緊張感が溢《あふ》れる中、その沈黙を少しも気にしていない様子の大柄な男性が大口を開け、静寂を突き破る。

「フハハハ！　そこにいるのか？　出てきたまえ！　なに、悪いようにはしないさ！」

あの二人はどれくらい自分たちの情報を持っているのだろう。訝《いぶか》りながら、ジンはアインに向かって頷《うなず》き、怪しい二人に背を向けて猛ダッシュを開始。

だが、振《ふ》り返《かえ》り一歩踏み出した途端、二人はいつの間にか目の前に現れた壁にぶち当たる。

そのまま後ろに尻もちをつき、男の声がした開けた空間へと姿を晒《さら》してしまう。ついでに、アインが抱いていたベヤもその姿を夜空の下に現した。

体勢を立て直しながら先ほどまでいた場所を見ると、そこには手を広げてしゃがむ女性の姿があった。二人は、知らぬ間に移動を終えた彼女の腕にぶつかったのだと理解する。

幅広のウィンプルの下に覗《のぞ》く、艶《つや》やかな黒の髪が印象的だった。彼女はカソックに身を包み、腰にはシザーケースが。その中には、ハサミや針といった様々な裁縫道具がしまってある。

目を引くのは、彼女の左腕。それは木製の義手になっており、義手の手首から下がる糸の先には、三つの頭全てに林檎《りんご》の被《かぶ》り物《もの》をしたケルベロスの粘土細工が存在した。

カソックに、裁縫道具、パーツの気配……。

――『解体師《ブレイファ》』という単語が頭に浮かび、ジンは身震いする。

「足止めナイスだ。ポーラ」

ジンとアインが、男の声がした方に顔を向ける。

そこには、大柄で筋肉質な男がいた。陽光を手繰り集めたかのような、派手で長い金髪が夜でも目立つ。彼は、女性と同様にカソックを着用し、右腿にはホルスターを付けていた。そこにしまってあるのは銃ではなく、液体の入った小瓶。

それだけでなく男は、腰に鎖を何重にも巻いていた。しかし、よく見るとそれは鎖ではない。小さな十字架が連なった、アクセサリーのようななにかであった。

その男の姿を見て、ジンとアインは放心する。それは、彼の変わった装備に目を引かれたからではなく。

――彼が木の幹に足をかけ、なぜか逆さまにぶら下がっていたからだ。

「フハハ！　随分と滑稽な顔をしているな！　顔が逆さでもわかるほどの滑稽さだ！」

男は、頭を下に向けたまま腕を組んで言う。

「初めまして、歪《ゆが》んだ事情の兄妹たち。僕はゲルドリオ。そっちはポーラ」

そこで彼はニヒルに笑い。

「僕は君たちを救いに——痛い！」

言いかけたところで、彼が腰に巻いた十字架のアクセサリーの先が重力に負け、彼の顎を強く打った。

鈍い音が草地に跳ねる。彼は頭から地面に落下してしまい、そのまま動かなくなってしまった。

（（……なんだコイツ……！））

地面に沈み込んだ男を眺めながら、心の中で突っ込むジンとアイン。そんな二人の背後にいる女性が、大儀そうに息を吐いた。

このどさくさで逃げられないだろうか？　しかし背後にいる女性、ポーラが睨《にら》みを利かせ、それを許さない。

木から落ちた間抜けな男の方ならどうだと、二人が視線をやると。

ジンとアインの眼前を、目に見えぬ速さのなにかが走る。

二人が知覚できたのは、その直後に生じた風と、前髪になにかが触れた感覚。

その数秒後、なんの前触れもなく。

――アインの前髪の先が発火する。

「うわぁッ!?」

慌てたアインが前髪を手で払おうとするが、その前に既に発火は収まっていた。

冷えた手で直接心臓を握られているかのような緊張感と恐怖を覚えながら、二人は足を止め、目前にいる一人の男の姿を見つめていた。

一体アインになにが起きたのか。しかし、ジンが分析する暇などありはしない。

「フ、ク、ハハ！　お猿も驚きの華麗な落下っぷり！　さすがは僕だ！」

いつの間にか、その男は立ち上がっていた。

手に携えるのは、小さな十字架を連ねて作られたアクセサリー。二人は遅れて、先刻自身の顔の前を通過したのがあの十字鎖であろうことを理解する。

「見てのとおり、僕たちは解体師《ブレイア》。人形憑き《ドーラー》の呪いを解体し、呪形堕ち《カーズドーラー》の悪魔を人形に封じる」

長い髪を払う男性。彼はその見事な金髪から、『黄金の解体師《ブレイア》』と呼ばれている。

「神父の依頼により、呪いの解体に馳《は》せ参《さん》じた。悪魔と契約を行った者はその悪魔に体を乗っ取られやすい。君たちはいつ呪形堕ち《カーズドーラー》になってもおかしくない。人形憑き《ドーラー》なら呪いを解体すれば元に戻る。だが、呪形堕ち《カーズドーラー》になれば体内に潜む悪魔の封印が必要となる」

彼は、懐から取り出したアンティークドールを二人に見せた。

「人形を使えば悪魔を封じられるが、君たちが契約をしたのは上級悪魔、ラドラリーだ。やつが目覚めれば、オブリエにどれだけの被害が出るかわからない。……よって、解体師《プレイア》本部はこんな結論を出した」

男性の鋭い視線が二人に突き刺さる。

「ラドラリーによる被害を最小限に抑えるため、悪魔が完全に目覚めてしまうその前に、君たちを処分する」

解体師《プレイア》は、兄妹に対して静かな死刑宣告を行った。

ゲルドリオと呼ばれた彼は、右手で十字架が連なったアクセサリーを持ち、針の先のような目線をアインに向けている。

「本来なら人形部分しか燃えないはずだが、僕の十字に触れた君の前髪は燃えた。つまり君はただの人形憑き《ドーラー》ではない。呪形堕ち《カーズドーラー》か、他の歪《いびつ》な存在か。なんにせよ、珍しい存在と戦えるとは、運が良い。……なに、抵抗しなければ痛いようにはしないさ」

一つでも選択を間違えればその先に待つのは、死。そんな空気がジンとアインの間に漂っていた。ジンは、ともすれば現実放棄により空《から》になってしまいそうな脳に、無理やり思考を流し込む。

考えろ。どうする、どうする？　この場を切り抜ける方法。なにか、俺が、なんとかしないと。……俺？　俺が？　俺になにができる？　人間相手に？　俺がなにを……。

「ねえ、派手なお兄さん」

兄の代わりに声を出したのは、アイン。彼女は、目の前の金髪の解体師《ブレイア》に臆することなく声をかける。

「さっき、私たちを救うって言いかけてたよね？　私たちのこと、助けてくれるの？」

男は答えない。風に揺れる外套《がいとう》の下に時折覗《のぞ》く少女の異形の姿を見て、目を伏せる。

「ああ。確かに僕は君たちを救いにきた」

ゲルドリオは手に持った十字架の束を宙に放る。

「だが、その意味をはき違えてはいけないよ。欠落のお嬢さん」

月光に煌《きら》めく十字鎖に向かって彼が手を振る。するとその十字鎖は変形、自立し、彼の両手には、十字架が連なってできたレイピアのような武器が一本ずつ握られていた。

アインの体を怖気《おぞけ》が走る。

満月の下、十字架で編まれた二本のレイピアを構えるゲルドリオのその姿は、アインには、黄泉《よみ》から自分の命を刈り取りにきた死神にしか見えなかった。

「僕はね。君たちを、不幸に至る道程から救い出すためにきたのだよ」

「どう、やって……」

答えはわかりきっている。だが、アインはそう言うしかなかった。

「無論」

ゲルドリオが、地を蹴るために上体を落とした。

「──君の死をもってだ」

ゲルドリオの体が、弾丸のように射出される。鍛え抜かれたその足腰は超常のバネを生む。瞬《まばた》き一つが終わる前に、彼のレイピアの切っ先はアインの喉元にまで迫っていた。

──しかし。

「……？」

ゲルドリオは、自分の目を疑った。

自分は、確実に女に向かって飛んだはずである。だが、なぜか？　彼の向かう先にあるのは兄の姿。

ジンはアインを庇《かば》うように、ゲルドリオとアインの間に自分の体を滑り込ませた。

常人であるジンが、尋常ならざる速度のゲルドリオの初動に反応できるはずがない。

ならばどうしてジンは、彼の剣筋を読んだかのような動きをすることができたのか。

それはジンが、ゲルドリオが動き始めるコンマ一秒前に動いたから。

たった一人の自分の妹を守るため、反射的に。

ゲルドリオの二つの切っ先がジンの横腹を突く。しかし意外にも、そこに人間を突き穿《うが》つような殺傷性はなかった。

それでも、人間離れしたゲルドリオの突きは重い。ジンは鈍い痛みを感じながら、肺から漏れた空気で咳《せ》き込《こ》んだ。

アインをはなさぬよう強く抱きしめながら、ジンは地面を転がる。

「兄さんッ！」

「大……丈夫だ、アイン」

ジンは、アインの耳元で優しく言う。

「あいつらの武器はたぶん、俺には効かない」

体こそ反射で動いたが、ゲルドリオの十字架は自分に対しては殺傷能力が低いだろうとジンは踏んでいた。

そう思った理由は二つ。

一つ目は、彼らが対魔専門の解体師《ブレイア》であるということ。

二つ目は、ゲルドリオの十字架に触れたであろうアインの前髪は燃えたが、ジンの前髪は燃えなかったこと。

実際、ゲルドリオの十字レイピアの先は鋭いわけではなく、ジンに致命傷を与えるには至らなかった。

「いッてぇ……！」

ただ、痛いものは痛い。

「兄さん！　はなして！　無理しないで！　兄さんは人間なんだよ！」

アインが叫ぶが、ジンは彼女を抱きしめたまま決してはなそうとはしない。

「お前だって人間だッ！」

口をつぐみ、涙をため、アインはただ目の前の兄の顔を眺める。

アインは思う。守られるのは私じゃない。守られるべきなのは兄の方だと。

顔を歪《ゆが》めてのたうち回り、それでもアインを守ろうと彼女をはなさぬジンのことを、ゲルドリオは不思議そうに眺めていた。

「ポーラ。その少年を拘束しておいてくれたまえ。厄介だ」

「はい」

ポーラは、事務的な動きでアインからジンを剥《は》がしにかかる。彼女の細腕のどこにそんな力があるのか、ジンは抵抗したが呆気《あっけ》なく引き剥がされてしまう。

「アイン！」

ポーラに羽交い絞めにされながらもジンが怒鳴る。しかし、ジンは目の端で煌《きら》めく光を認識した途端、その口をつぐんだ。

「動かない方がいいです」

ジンの首筋を、嫌な汗が伝う。

「契約を行った人間に、悪魔は容易にとり憑《つ》きます。あなたも契約をした可能性がある以上、悪魔の依《よ》り代《しろ》になる可能性があるのです。もう一度言います。動かないでください。

私も、人間の目玉を抉《えぐ》るのは、心が痛みますので」

ポーラによって突き付けられた裁ちバサミの刃先が、自身の眼球スレスレの位置で止まっていた。

「これは人形憑き《ドーラー》や呪形堕ち《カーズドーラー》用の武器ですが、普通に人肉も切れますから」

「……ッ」

目を血走らせたジンが、怒りを自身の拳に込める。

肝心なところで、俺はなんの役にも立たない。せめて相手が人間じゃなかったら、会話くらいは……。ジンは、恐怖ではなく悔しさで震えていた。

「大丈夫だよ、兄さん。人間相手は私に任せてって言ってるでしょ」

ゲルドリオと対峙《たいじ》するアインが、人間のままの左目で黄金の解体師《プレイア》を射抜いた。

アインにも恐怖心がないわけではない。実際、自分の命を手の平で転がすことができる解体師《プレイア》を前にし、彼女の体は震え続けている。

深呼吸をしながら、アインはゲルドリオに向かって歩み出す。

月下、自身の覚悟を示すため、アインは外套《がいとう》を脱ぎ異形の体を惜しげもなくゲルドリオに晒《さら》した。

パッチワークで作られた歪《いびつ》な右腕を。

樹脂粘土製の白亜の左手と、その甲に浮かぶ呪印を。

右脛《みぎすね》から足先にかけての、磁器製の足を。

そして、どこか深海の寂寥《せきりょう》を思わせる、その黒ガラスの右目を。

堂々たるアインの姿を見て、あろうことかゲルドリオは一瞬動きを止めてしまった。

見惚《みと》れてしまったのだ、彼女のその意匠に。

人間と人形が共存したかのような、その姿に。

「私のわがままがきっかけで死ぬのは、私だけでいい」

アインは、静かに両腕を挙げ――。

「私は殺してもいいから、兄さんは傷付けないでください」

解体師《ブレイア》に、降伏の意を示した。


アイン以外の三人の表情が、肝を打たれたように硬直。

そんな中初めに動いたのは、最年長である黄金の解体師《ブレイア》、ゲルドリオ。

「随分と潔いな？　欠落の君」

彼はレイピアを構えたまま、ケーキの上のバースデーキャンドル百本を一息で吹き消してしまいそうなほどの、大ため息を吐《つ》いた。

アインの決断を聞き、どうしてだか彼は至極残念そうに肩を落としている。ゲルドリオはそのまま、ぶつぶつとなにかを言っていた。

「久方ぶりの大物なのに、これで終わり……？　つまらない。つまらない、実に……」

先ほどまでの覇気を失ったゲルドリオを見て、ポーラは気が急《せ》いていた。

ゲルドリオは優秀だが、彼のやる気にはムラがある。ゲルドリオは対峙《たいじ》する相手が面白ければ面白いほど、強ければ強いほどに自分の力を限界以上に引き出せる。

「ゲルドリオさん、チャンスですよ。さっさと解体して帰りましょう」

ポーラの声で、どこかに飛んでいた意識を取り戻すゲルドリオ。前髪をかき上げ、ゲルドリオは低いトーンで言った。

「呪われしレディ。少しくらい抵抗してみてもいいのだよ？　どうだい？　最期《さいご》に僕と大立ち回りを演じてみるというのも、悪くはないだろう」

「武力ではあなたに勝てる気がしませんし、私は言葉でもあなたを懐柔できそうにないです」

真顔のアインに対して、ゲルドリオは貼り付けたような笑みを浮かべる。そんな彼の頬《ほお》には冷や汗が伝い、額の血管は小さく動いている。

「な、なにか面白い物を見せてくれたら僕の気が変わるかもしれない。ほら、なにかないかな。必殺技とか、武器とか。……さあ、ほら。さあ、さあ！　ほらッ！」

「そんなものはありません。それに、抵抗しなければ痛くしないと言ったのはあなたです。抵抗しないので、早く殺してください」

「……う、ぐ、ぬぅ……！」

ひくひくと、ゲルドリオの眉間が動く。

「そ、そうか。残念だが、それなら仕方あるまい」

ゲルドリオは、極限まで目を細めてアインを見やり、十字の切っ先を彼女の喉元に突き付ける。魔を断つその十字に怯《ひる》むことなく、むしろアインは無言でその剣先に自ら首を近づけた。レイピアの先に触れたアインの喉が、発火する。

「ちょっと、いいですか」

喉で灯《とも》るその蒼炎《そうえん》をものともせずに呟《つぶや》き、その火よりも更に熱度の高い視線で、アインはジンを――否。ジンの隣に立つポーラを凝視する。

「私はもう死ぬ覚悟を決めましたから、それ以上兄に刃を向けないでください」

口調こそ丁寧だが、まるで悪魔を相手取っているかのような目に見えぬ圧力がアイン以外の三人に振り落ちる。

理外のその圧に、ポーラは無意識の内にハサミを降ろしてしまう。

これで一応は自由の身となったジンではあったが、状況は少しも進展していない。むしろ最悪だ。

アインは本気で死ぬ気だ……俺なんかを守るために。そう思い、悲観でジンの視界が歪《ゆが》んでいく。

喉を焼かれて掠《かす》れた声で、アインが言う。

「兄さん」

発火した炎が、彼女の顔の輪郭を月夜に浮かび上がらせる。

人間のままのアインの左目が、ジンのためだけに瞬《またた》いた。

「わがままな私をここまで連れてきてくれてありがとう。ラドラリーと契約をしたのは私。だから兄さんは、なにも気にしなくていいんだよ。死ぬのは……私一人でいい」

アインのその言葉を、ジンは信じることができない。いや、信じたくなかった。

ジンの目尻から、涙の軌跡が現れる。

「まだ話したいことといっぱいあったけど……仕方ないね。久しぶりに兄さんとたくさん話せて楽しかったよ。色々、巻き込んじゃってごめん」

「なにを、言って……」

「あーあ。もっとベヤちゃんのこと抱きしめたかったな。……兄さん。私がいなくなっても、頑張って生きていってね」

そこでアインはジンから目を離し、ゲルドリオに向き直る。

アインの覚悟を受け取ったゲルドリオが、瞑目《めいもく》。一度アインの喉元からレイピアを離し、構え直す。これで彼は、いつでも彼女の命を奪うことができる。

「私は……」

ジンに背を向けたまま、アインは虚空《こくう》に向かって声を溢《こぼ》す。

「正直私は、ラドラリーによって国が不幸になっても、人間が不幸になってもいい。でも、兄さんが不幸になるのは、もう嫌。兄さんはもうこれ以上、傷つかなくていい。苦しまなくていい。不幸にならなくて、いいんだよ」

「そんなの……お前が死んでいい理由にはならない！」

アインを死なせずにこの状況を打破するには、ジンが解体師《ブレイア》を説得するほかない。だが、人間相手に上手《うま》く口が回るとは到底思えない。

そのとき、ジンの頭にとある考えが浮かび上がる。

「じゃあどうするのッ!?」

柳眉《りゅうび》をさかだてたアインが、がなる。

「私は、兄さんが死ななければそれでいいの！　戦って勝てないことはわかるでしょ！　それとも、ロイくんのときみたいに兄さんが話して、この二人を説得でもしてみる!?　無理だよ！　人間相手に、人間嫌いの兄さんが！」

「……知ってる。人間の俺は、人間が相手だとなんの役にも立たない。だから」

ジンは、不敵に笑ってみせる。

「――人間じゃなくなればいい」

その言葉に、アインは思わず体ごとジンの方を向く。

「兄さん！　なにするつもり!?　兄さんが呪いを受けたところで――」

「ベヤ！」

木々を震わせるジンの咆哮《ほうこう》を聞き、狸寝入《たぬき》りをしていたベヤが飛び上がる。

そんなベヤに対してポーラは、懐から取り出した先端の尖《とが》った道具――目打ちを投擲《とうてき》。

しかし、すんでのところでベヤはジャンプしそれをかわす。

「……わ。かわいい……」

コミカルな動きをするベヤを見て、ポーラはぼんやりとした表情でそう溢《こぼ》した。

ベヤは地面に刺さった目打ちを一瞥《いちべつ》し、それを腹の大口で飲み込んでしまう。

「あ。私の、呪解器《ブリドーガ》が」

「フハハ！　人間じゃなくなるだって？　妹のために？　面白い……ッ！」

ベヤは地面でぽよんと跳ね、ジンの胸へと飛び込んだ。

「少年！　自分でパーツを取り込み、無理やり人形憑《ドーラー》きにでもなるつもりか!?」

ジンとベヤの奇行に、先ほどまで死んだ魚のようであったゲルドリオの瞳が凛《りん》と閃《ひらめ》く。

ゲルドリオの視線が、ベヤの首の綿から生える呪形《カーズドール》のパーツに収束。

「凡人よ！　推奨はしない。だが！　やってみる価値はある！　呪形《カーズドール》を傷つければ呪いが返り、人形憑《ドーラー》きになれるだろう！」

ゲルドリオは、見誤っていた。自分を楽しませるのは半人形の娘であると思い込んでいた。だが思わぬ伏兵に、ゲルドリオの心象風景に無限の花畑が咲き誇り始める。

ジンは懐から取り出した自身の裁ちバサミを持ち、左手で抱いたベヤの首の綿に向かって刃を伸ばす。

「……勘違いするな。呪いをくらうのは俺じゃない」

深呼吸をしてからハサミをベヤに近づけ、静かに言い放つ。

「お前たちだ」

ジンは、ベヤの首周りの綿を断ち、ラドラリーの呪形《カーズドール》の右腕と左腕を切り離した。ハサミを持ったままの右手の平で、そのパーツをしっかりと掴《つか》む。

「ふむ。呪解器《ブリドーガ》ではなく普通の裁ちバサミで呪形《カーズドール》を傷つけても人形憑《ドーラー》きにならない？　まさか、呪いに強い耐性があるのか？　……フハハ、面白い……！」

笑みに歪《ゆが》む頬《ほお》をそのままに、ゲルドリオはジンの行動を分析する。

「自分を呪うのではなく僕たちを呪おうとするとは、一体なにが目的かな？」

楽しそうに語るゲルドリオからは一旦視線を外し、ジンはポーラの方に首を巡らせる。

彼女の顔を見ることなく、ジンはポーラの左の義手を見る。人間に語りかけるのではなく、義手《いで》に——人形に語りかけるつもりでジンが口を開く。

「俺は人間関係のことはよくわかりませんが、変な人と組まされて大変そうですね。ストレスは感じていませんか？　あなたの心に陰はありませんか？」

見せびらかすかのように、ジンはラドラリーの呪形《カーズドール》のパーツをポーラの眼前に突き出す。

「もしあれば、呪いに耐性のありそうな解体師《ブレイア》でも呪いやすいと思うのですが」

ポーラの背筋を、地の底からやってきたかのような冷気が走り抜ける。

目の前の男は決して自分の顔を見ようとはしない。相手はただの人間だ。それでも、ただならぬジンの雰囲気に、ポーラは気圧《けお》されてしまう。

「俺は、人形憑き《ドーラー》の呪いを対話で解きました。だから頑張れば、対話で人間に呪いを植え付けることもできると思います」

呪いは、心の穴を埋めるように滑り込む。ポーラは、悪魔でも呪形《カーズドール》でもないジンに明確な恐怖を覚えていた。

「アインのためなら……」

緊張を断ち切り、ジンはそこで初めてポーラの顔を見る。

異相の人形を抱き、右手にハサミと呪形《カーズドール》の腕を持ち、氷柱《つらら》のように冷えた鋭い目をするジン。

「俺は、人間を呪う悪魔にだってなってみせる」

「……っ」

ポーラの脳裏に、かつて自分の左腕を奪った悪魔の姿が蘇《よみがえ》る。

口の中で短い悲鳴をあげ、ポーラはその場に力なく座り込んでしまう。

そんな彼女に向け、ジンは呪形《カーズドール》のパーツを近づける。眼前に迫る呪いの籠ったパーツから顔を背けることもできず、ポーラは地面に座ったまま後ろへと退《ひ》いていく。

「呪いに耐性のあるであろう解体師《プレイア》は、どうすれば人形憑《ドーラー》きになるんですか？　もっと怖がらせればいいですか？　パーツを体に縫い込めばいいですか？　傷口にパーツをねじ込めばいいですか？　……アインを助けるためなら、俺はなんだってします」

「ポーラっ！」

さすがのゲルドリオも我欲より同僚への憂いが勝ったか。アインの傍《そば》を離れ、ジンの元へと駆ける。

ポーラの方を向いたまま、ジンは二つのパーツを握った右手を今度はゲルドリオの方へと伸ばす。

「これは驚いた」

目の前に呪形《カーズドール》のパーツを差し出されたゲルドリオは、笑みを溢《こぼ》してみせた。

「少年。今から君がしようとしていることを当ててみせようか」

ジンはゲルドリオの顔を見ないままに、無表情で頷《うなず》く。

「君は、その呪形《カーズドール》のパーツを使って無理やりに僕らを呪う気だ。では、なぜそんなことをするのか。……それは」

歌うように言うゲルドリオに、ジンは相槌《あいづち》を打たない。

ゲルドリオは昂《たかぶ》っていた。ただの少年が紡ぎ出す非凡な発想に。そして、自分を楽しませるために彼と自分をめぐり合わせてくれた、光差すこの運命に。

「人形憑き《ドーラー》になった僕たちが相手なら！　僕たちの仕事道具である呪解器《ブリドーガ》を使えば簡単に致命傷を与えられると！　そう考えているのだね!?　君は先ほど、ポーラの目打ちを奪っていた！　あれを使う気だろう!?」

ゲルドリオは流れるような目つきで、ポーラの目打ちがしまわれたベヤの大口を見つめる。

「君はそこに勝機を見出《みいだ》したんだ。違うかな？　少年」

ジンには効かない十字レイピアの切先で、びしりと彼の鼻頭をさす。

ジンはゲルドリオの顔を見ない。ジンの視線は、彼の足元に向けられている。

「お、俺は人間が苦手……です。だから、人間相手では、まともに、会話もできません」

「フゥン？」

「お……俺は別に、あなたたちと戦うつもりは、ありません……。専門家のあなたたち相手に、億が一にも殺し合いでは勝てないでしょうから」

ゲルドリオは、黙ってジンの言葉に集中する。

ジン自身に、ゲルドリオと話しているという認識はなかった。彼はただ、その鋭い双眸《そうぼう》で視界の全てを呪いながら一人で話しているだけだ。

「俺は人形が好きです。人間とは上手《うま》く話せないけど、人形となら話せます。人間の気持ちはわからないけど、人形の気持ちはわかります。だから……。もしもあなたたちが人形や悪魔だったなら。俺はあなたたちを説得できるかもしれない。俺はあなたたちと楽しく話ができるかもしれない」

そこでようやっと、ゲルドリオはジンの言わんとしていることを理解する。

それと同時、ゲルドリオは震撼《しんかん》していた。髄液をそのまま全て液体窒素に取り換えられたかのような寒気を、ジンに対して覚えたのだ。

「だから俺は」

ゲルドリオの方に一歩を踏み出す。妹のために覚悟を決めたジンは、解体師《プレイア》の眼《まなこ》を覗《のぞ》き込《こ》む。

霊のように血の通わない表情で、ジンが言う。

「――俺と話し合いをするためだけに、あなたたちには今から呪われてもらいます」

一分ほどの沈黙が、静謐《せいひつ》な森林を支配する。

その静寂を割ったのは、なにかが地面に倒れ込む音。次いで聞こえたのは、断続的な拍手音。その音の主はどちらも、黄金の解体師《プレイア》、ゲルドリオ。

「……フハハ」

愉悦を噛《か》みしめるかのように。満天の星を瞳に映したゲルドリオが口元を歪《ゆが》ませる。

「僕は今、猛烈に感激している。こんなに嬉《うれ》しいのは、大人になって迎えた一人きりのクリスマスに、ローストチキンを初めて独り占めしたあの日以来だ……」

背中から地面に倒れたゲルドリオは、仰向《あおむ》けで月を見上げたまま万感の思いの拍手をジンに送った。

ゲルドリオはその無駄に長い肢体を伸ばし、仰臥《ぎょうが》したままジンに告げる。

「僕の中で数秒前まで一般人だった君。友人によく、変わっていると言われないか？」

呪形《カーズドール》のパーツを持ったまま、ジンが下を向いて言う。

「俺、人形以外にともだちいないので」

「素晴らしい！　僕と同じだ！　いや、僕には人形のともだちもいないがね！」

強く言い放ち、ゲルドリオはネックスプリングで起き上がった。

「イカれた思考。突飛なアイディア。呪形《カーズドール》との意思疎通も図っていたな。それに、呪いへの異常な耐性……。これは、人形が好きで彼にとっては恐怖の対象ではないからか？　この時世に、そんな人間が存在するのか。フハハ！　面白いッ！」

至近距離で顔を見てぶつぶつとなにかを言っているゲルドリオから、気味悪そうにジンが視線を逸《そ》らす。

唐突に、ゲルドリオが両手のレイピアで空《くう》を切る。すると十字の鎖は直立をやめ、ただのアクセサリーへと回帰した。じゃらじゃらと音を鳴らしながら、それを腰に巻き付ける。

彼の奇怪なその行動が意味するのは、あまりにも単純明快な一つの結末。

「ポーラ。やめだ」

「はい？」

「僕たちは、この兄妹から手を引く」

また始まったよと言わんばかりに、ポーラは肩を落とした。

夜を背負ったゲルドリオは、ジンとアインを交互に眺めてから大げさに両腕を伸ばす。

「僕は、彼らのことを気に入ってしまった。歪《いびつ》なこの兄妹の運命は、僕が預かろう」

○

星も寝静まった深夜の森で、四人は焚火《たきび》を囲んでいた。

金髪の解体師《プレイア》ゲルドリオ。彼は冗談みたいな満面の笑みを浮かべ、先ほどからずっと一人で高笑いをしている。

そんな彼の横で黒髪の女性解体師《プレイア》ポーラは、焚火に集まる羽虫のことをぼんやりとした目で追いかけ、目を回したのか青ざめた顔をしていた。

ジンとアインはというと、大きな怪我《けが》もなくあの局面を乗り切った事実を未《いま》だに消化できずにいた。

ジンは、自前の裁縫箱から取り出したハサミで、燃えてしまったアインの前髪を整えている。

「よくわかんないけど、助かったみたいだね」

喉が燃えてしまった影響か、少し掠《かす》れた声で言うアイン。彼女は、少しばかり短くなった前髪を指で撫《な》で、気が抜けた笑みを浮かべてみせた。

「ありがとう。兄さんのおかげだよ。私死なずにすんだ。それと、兄さんも死なずにすんで良かった。……本当に」

その言葉に頷《うなず》きながらも、ハサミをしまったジンはアインの肩をぽかりと優しく叩《たた》く。

「もう絶対、軽々しく命を捨てようとするな。それも、俺のためなんかに」

「……うん」

三角座りをしているアインは、膝を自分の胸に近づけ、ぎゅっと縮こまる。

ジンは、テンション差の激しい解体師《プレイア》たちを見て、アインに耳打ちをする。

「死のうとした罰な。あの二人との会話はお前に任せた」

ジンは体よくその役割をアインに押し付ける。

「あはは……。頑張る」

ぎこちない笑みを浮かべ、アインが解体師《プレイア》たちに向き直る。その横でジンは、呪形《カーズドール》の右腕と左腕をベヤの首の綿に縫い付け始めた。

「あ、あの！」

アインの声に、ゲルドリオとポーラの視線が彼女の方に集まる。

「まずは、名前を教えてください。私はアイン。こっちがジン、私の兄です。で、この子がベヤ」

アインの言葉に、ジンとベヤは控えめに頭を下げる。

「ああ失礼。まだ正式には名乗っていなかったか」

金髪の解体師《プレイア》が、胸に手を当て目礼。

「僕はゲルドリオ・ギュスタング。二十二歳。超有能優秀最強解体師《プレイア》だ」

ギュスタングと聞き、ジンとアインはその家名が貴族の名家のものであることに思い至る。同時に、「この人が貴族……？」といった視線をゲルドリオに投げた。

胸を張るゲルドリオの横で、小柄な女性解体師《プレイア》がぼんやりとした表情で名乗る。

「私はポーラ・ライマー。十六歳。同じく解体師《プレイア》です。でも、ゲルドリオさんほど強くはありません。というかこの人が強すぎます。悪魔は嫌いですが、呪形《カースドール》はかわいらしい姿が多く、インスピレーションを受けるのでそこまで嫌いではありません。この子はアプルベロス。私が作りました」

ポーラが指をさす先。林檎《りんご》の被《かぶ》り物《もの》をしたケルベロスが、義手の手首から糸で下げられている。

「彼らは、林檎《りんご》を食べすぎてこうなってしまったのです」

「ポーラは粘土細工で自分の頭の中のキャラクターを形にするのが趣味なのだ。イカしたセンスをしているだろう？　僕にはちっとも理解ができないがね！　こんなのでも、彼女は解体師《ブレイファ》養成学校を飛び級で卒業した逸材だ。まあ、僕はポーラよりも早く卒業した彼女以上の超逸材だがね！　フハハハッ！」

うっとりとアプルベロスを眺めるポーラと、その隣で哄笑《こうしょう》を続けるゲルドリオ。

アクの強い二人に臆することなく、アインが口を開く。

「お二人がどれだけ私たちの事情を知っているのかは知りませんが、私たちは悪魔と契約して、ラドラリーを解き放ってしまいました。そのことをどうも思わないんですか？」

焚火《たきび》の揺らめきを瞳の表面で掬《すく》いながら、ポーラが開口する。

「契約は禁忌ですが、まあ、不慮の事故ではあるのでしょうし」

「うむ。悪魔は狡猾《こうかつ》だ。君たちだけが悪いのではない」

それに、とゲルドリオが不敵に微笑《ほほえ》む。

「君たちが悪魔を解き放ってくれたおかげで僕の仕事が増え、僕が目立つ機会が増えるからな！」

アインは、曖昧に笑うしかなかった。

「あの。神父に依頼されたっていうのは、もしかしてカロさんのことでしょうか？」

躊躇《ためら》うことなくゲルドリオが頷《うなず》き、その隣のポーラが言う。

「カロ神父から大体の話は聞きました。強力な……恐らくは上級相当の悪魔と契約した兄妹の調査と討伐をお願いしたいと」

「やっぱりカロさんが……」

哀傷に沈むアインの表情を見て、ポーラは慌てたように続ける。

「あなたたちに親切にした彼の気持ちに偽りはないと思いますよ。神父はただ聖職者として、自分の仕事を全うしただけでしょう」

ポーラの言葉に、ジンとアインは力なく頷いた。

「……あっ、……あ、あの。え、えっと」

ジンがなにかを言おうとするが、ゲルドリオとポーラの視線が自分に集まり、二の句が継げなくなる。

「ふむ。君は本当に人間とのコミュニケーションが苦手のようだね」

委縮してしまったジンを気にかけ、ゲルドリオがポーラに目線を投げる。

「ならばこうしよう。ポーラ、君の粘土細工を用意したまえ」

ゲルドリオの意を汲《く》んだポーラが左腕の義手を右手で弄《いじ》る。小さな突起を押すと、彼女の木製の義手の側面のハッチが開いた。その中には、彼女の武器と思《おぼ》しき呪解器《ブリドーガ》と、ポーラお手製の粘土細工が収納してあるようだ。

「か、かっこいい……！」

ポーラの義手のギミックを見たジンが目をきらきらとさせ、その反応を見たポーラがしたり顔を浮かべる。そして、そんな二人にアインはじっとりとした目線を送っていた。

「……アインの右腕にもあんな仕組みがあったらかっこいいよな……。うッ!?」

アインに小突かれたジンが軽く咳《せ》き込《こ》んだ。

ポーラがドヤ顔で義手内から取り出したのは、一体の粘土細工。ウロボロスのようだが、手作り感の強いそれはどこか間抜けな表情をしていた。

ポーラが力を入れてそれを引っ張ると、ウロボロスは二匹の蛇へと分離する。

「牙が鋭い方がウロちゃん。尾の棘《とげ》が鋭い方がボロちゃん。二匹はとても仲良しで、たわむれているとお互いの牙と尾がひっかかって抜けなくなるのです」

ポーラはウロを自分の胸ポケットに入れ、ボロをゲルドリオの胸ポケットに入れた。二人のカソックから、二匹の蛇が顔を出している。

ボロの頭を指で撫《な》でながら、ゲルドリオが快活に笑う。

「さあ！　これで話せるようになったかな!?　僕たちの顔を見て話せないのなら、蛇に向かって話しかけるといい！　フハハハ！　なに、人間が苦手なら少しずつ慣れていけばいいというだけの話さ！」

「……あ、ありがとうございます」

親切な二人に、ジンの緊張が少しほどける。

「あ、え、えっと……。本当に、アインのことは殺さなくていいんですか？」

「ん？　ああ。別に、最初から本気で殺す気などなかったからな」

ゲルドリオのその言葉に、ジンとアインの口から気の抜けた声が漏れ出した。

「相手の正体がわからないのに、いきなり殺したりはしないさ」

「えっ？　なら、なんで殺すって……」

アインの言葉に、ゲルドリオが片眉を上げる。

「いや、そう言った方が本気のアイン嬢と戦えるかなと思っただけさ。フハハ！　まあ、危険を感じたら、本当に殺していただろうがな」

ジンとアインは、あまりの驚きに言葉を返すことができない。

「悪魔との契約は、アイン嬢がしたということでいいのかな？」

「そうです」

強く頷《うなず》くアインの横で、契約の際に意識を失っていたジンは本当だろうか……という懐疑の視線を彼女に送る。

「契約の内容がアイン嬢の体に関係するものなら、やはり君はただの人形憑き《ドーラー》ではない可能性が高いだろう。普通に呪いを解体して人間に元通り！　……とはいかなさそうだ」

「では彼女は、普通の人形憑き《ドーラー》のように呪いの進行で悪魔にはならないのでしょうか？」

ポーラの言葉に、ゲルドリオが頷《うなず》く。

「恐らくな。ラドラリーの呪いが成長すればそこそこの呪形堕ち《カーズドーラー》にはなるのだろうが……。それよりも心配なのは、ラドラリーの本体がアイン嬢の体を乗っ取ることだな」

険しい顔で顎を撫《な》でるゲルドリオ。

「アイン嬢が契約をしたのなら、君の体はラドラリーにとっては格好の的だ。契約をした人間と悪魔の間には魔力の繋《つな》がりができ、簡単に体を乗っ取ることができる。そして恐らくラドラリーの本体はまだ集めていないパーツの中にいるはず。早急に探さなくてはな」

ゲルドリオが星空を仰いだ。

「だがまあ、今の所は君から危険性は感じない。だから僕が匿《かくま》うことにする。解体師《プレイア》本部がどう言おうと、いざとなれば僕が解体師《プレイア》を辞めるとごねればなんとでもなる！　僕は必須戦力だからね！　僕に辞められると困るのさ！　フハハハハ！」

「私はゲルドリオさんに従います。こんなのでも上司なので。……ただ」

ポーラが目の奥の眼光を鋭くする。

「アインさん。あなたがラドラリーの呪形堕ち《カーズドーラー》になったそのときは、私は容赦をしません。私は昔、悪魔に左腕を食われました」

自分の木製の左腕に、ポーラが視線を落とす。

「だから、悪魔にはある程度の嫌悪感を持っていますので。ご容赦を」

「はい。勿論《もちろん》です」

ポーラの気迫に臆することなく、アインが顎を引いた。

「あ、あの……。ベヤも、その……見逃してくれますか？」

大事そうにベヤを抱くジンが、遠慮がちに口を開く。

「呪形《カーズドール》になっちゃったけど、べ、ベヤは……色々と俺たちのサポートをしてくれるんです。それだけじゃない。ベヤは、大事な家族の一員なんです……！」

ジンのその言葉に、ベヤが腰に手を当てて左右にお尻を振ってみせる。

「ほ、ほら！　こんなに可愛《かわい》くも動けるんですよ!?」

「恐るべきかわいさ……」

そう呟《つぶや》き、なぜかぷるぷると震えながら真顔でベヤを拝むポーラ。

「ふむ。いいだろう。ベヤくんからも今は敵意を感じない。それに、戦闘に呪形《カーズドール》の力を借りる解体師《ブレイア》もいるからね」

「そう……なんですか」

「ああ、解体師《ブレイア》の奥の手には必須だ」

そこでゲルドリオは言葉を切り、話題を変える。

「……で、君たちの処遇についてだが」

ゲルドリオが、立てた膝の上に肘を置き、頬杖《ほおづえ》をつく。

「要は君たち二人に危険性がないことを本部に伝えられればいい。また、二人に有用性があると思わせれば、更に良し」

「具体的な方法は？」

と、ポーラ。

「この二人が実戦で使い物になることを証明するのさ。勿論《もちろん》、君たちに拒否権はない。これは、悪魔をオブリエに放ってしまった君たちの贖罪《しょくざい》の旅でもあるのだからね。……それに、君には呪いへの耐性があるようだ。危険な目に遭う可能性は低いだろう」

ゲルドリオがジンを見ながら、自身の髪先を優雅に手で払う。

「どうせ、僕たちと君たちの目的は同じだ。散らばったパーツを集めるつもりだったのだろう？　なら、一緒にパーツを探すついでに鍛えてやるさ」

「え、えっと、俺たちはありがたいですけど……」

「変な人だけど、いい人なのかもね？」

ふにゃりと笑うアイン。

「ポーラ。悪いが、手伝ってくれるか？」

「私は構いませんよ。ベヤさん、かわいいですし。……こんばんはー」

ポーラが真顔で手を振ると、ベヤが力強く手を振《ふ》り返《かえ》した。ポーラの顔に微笑が咲く。

「……おっと。伝え忘れていたことが一つ」

ごそごそとカソックの内ポケットを探り、ゲルドリオがなにかを取り出す。

焚火《たきび》の火を受け怪しく光るそれは、ラドラリーの呪形《カーズドール》の左足であった。

「あ、やっぱり……」

それを見て、アインは合点がいく。彼女が感じていたパーツの気配は、ゲルドリオから放たれていたものだったのだろう。

「ここにくる道中、人形憑き《ドーラー》に出会ってな。さくっと呪いを解体し、回収したわけさ。成りたてだったのか、上級悪魔のパーツ持ちとはいえ正直歯ごたえはなかった。念のため、これは僕が持っておこう。……にしても」

呪形《カーズドール》の左足をペン回しのように指の間で回転させ、ゲルドリオがアインの方を向く。

「その反応。アイン嬢は僕がこれを持っていたことに気が付いていたのかな？」

「私、パーツが近くにあると、なぜだか体がビビッとくるみたいで」

「ふむ？　それはそれは、便利な体だ。僕もぜひ欲しい力だな。……さてさて」

ゲルドリオは、木立の隙間から見渡せる果てのない銀河を双眸《そうぼう》に映した。

「ジン坊、アイン嬢。今日は疲れただろう。もう寝るといい。寝袋は、僕とポーラの物を使えばいい」

「……ジ、ジン坊……？」

ゲルドリオの呼称に困惑するジン。

「遠慮することはない。君たちには明日《あした》からたくさん働いてもらうのだから」

ゲルドリオの笑顔に包まれ、ジンとアインは彼の厚意に甘えることにしたのだった。

「ジンさん」

ポーラに声をかけられ、ジンは顔をあげる。

「私の呪解器《ブリドーガ》の目打ち、ベヤさんが持ったままでしょう。あれ、あなたにあげます」

そこでジンは、ポーラから目打ちを奪い取ったままだったことを思い出した。

「え、あ、で、でも。いいんですか？」

「裁縫道具の扱いに長《た》けているようですし、きっと役に立ちます。私は予備も、他の呪解《ブリド》器《ーガ》もたくさん持っているのでどうか遠慮なさらず。あと、これもどうぞ」

そう言い、ポーラは腰のシザーケースから裁ちバサミとまち針を取り出した。

「どちらも呪解器《ブリドーガ》です。手に馴染《なじ》む物をお使いください。ベヤさんのお腹《なか》に収納すれば、邪魔にはならないでしょう。ベヤさんのお腹の中は、呪解器《ブリドーガ》の浄化作用を受けないようですし」

「あ、ありがとう、ございます」

ジンはポーラから裁ちバサミとまち針を受け取り、それを焚火に照らしてみせた。

「兄さんいいなぁ。ずるい。私もそれ、持ちたいな」

声がした方を見ると、アインが目を輝かせてジンの呪解器《ブリドーガ》を見ていた。

「それ、私じゃたぶん燃えちゃって持てないからさ、名前だけでも付けさせてよ」

寂しそうにそう言うアイン。

「まあ……。名前くらいならいいけど」

「本当⁉ なら、いいの考えとくね。武器を取り出すとき、名前を呼んだら絶対かっこいいよ！」

「ええ？ それはなんか、恥ずかしいな……」

楽しそうに詰め寄ってくるアインに、ジンはたじろぐしかない。

「なあ、俺の人形もそうだが、どうしてそんなに俺の物に名前を付けたがるんだ」

「えっ。それはほら、それを見る度私のことを思い出せる……いや、なんでもない！」

急に赤くなったアインを、ジンは訝《いぶか》しむ。

「確かに、戦闘時のモチベーションが更に上がるやも……。いいアイデアだ。フハハ！」

ジンとアインの寝息が聞こえ始めた頃。

未《いま》だ焚火《たきび》を囲んで座っているゲルドリオとポーラの話し声が、夜の中に沈んでいく。

「ラドラリー、封じられますかね」

「さあな」

逡巡《しゅんじゅん》することなく、ゲルドリオが言った。

「自分のパーツを分散させ、国中に呪いを振りまいて力を集めようとする悪魔なんて聞いたことがない。それを思いつき、実際に実行できる力がやつにはある。ラドラリーはかなり強力で狡猾《こうかつ》な悪魔だ。だから相当に弱体化させないと封印は無理だろうな」

「弱体化……。戦って、ですか？　散らばった呪形《カーズドール》のパーツは、人間の思いを吸って力を増すでしょう。それを一か所に集めるとなると……」

「ラドラリーは更に力を増す。それこそがやつの目的かもしれない。……が、呪いの伝播《でんぱ》を抑えるためにも、パーツを集めるしか今は方法がない」

「再度封印するなら、ラドラリーの魔力が付着したあの呪形《カーズドール》が一番適していますしね」

「ああ。だがパーツを集めれば何《いず》れかのパーツに隠れたラドラリーが現れるだろう。ラドラリーは、契約をしたであろうアイン嬢と、一応ジン坊もか。二人のどちらかにとり憑《つ》こうとするはずだ。そこは注意だな」

「契約をしたのはアインさんでは？」

「あの二人はお互いのことを庇《かば》い合っている節がある。アイン嬢が契約をしたと考えるのは早計かもしれない。二人ともに目を光らせておいて損はない」

顔を伏せながら、ポーラが問う。

「国中の人間の感情を食らったラドラリーは、どれくらい強いですかね？」

「正直わからん。僕も上級悪魔と戦ったことは数度しかない。力を蓄えているのだとしたら、以前戦った上級の悪魔よりも強いかもしれん。僕でも、ギリ負けるかもな」

ぼんやりとしたポーラの顔が引き締まった。

「ゲルドリオさんが勝てないなら、誰が勝てるんです？」

「それもわからん。封印ではなくラドラリーを祓《はら》うことに心血を注げば、まあ負けんだろうが。僕は封印などというまどろっこしいことを考えず、嵐のように暴れた方が強いからな。それでも、相手に『悪秘体現《アルス・マグナ》』を使われたら、さすがに殺しきれるかわからんが」

「解体師《ブレイア》というよりエクソシスト気質《きしつ》ですもんね、ゲルドリオさん。でも、駄目ですよ。とり憑《つ》いた悪魔を殺したら、依《よ》り代《しろ》の人間も死んでしまいます」

「わかっている。それは最終手段さ」

なにかにとり憑いていないと、悪魔はこの世に干渉することができない。だからこそ悪魔は人間にとり憑き、悪事を働こうとする。

「で、これからの予定は？」

「『人形《ドール》の巨人』の出現情報が寄せられている城下町ポナパドルへと向かう。恐らくは、パーツ持ちだろう。……ん？」

なにかに気が付いたゲルドリオが、全身に微量の緊張感を纏《まと》う。

「どうやら来客のようだな。僕が向かおう。ポーラ、君は先に寝ていたまえ」

「では、お言葉に甘えて。……スピー……」

ゲルドリオがポーラに目をやると、彼女は座ったまま既に寝息を立てていた。

「フハハ！　寝つきが良すぎるだろう！　流石《さすが》だな！　君は大物だ！」

腰の十字鎖に手をやりながら、ゲルドリオが三人に背を向け森の奥へと進んでいく。しばらく歩くと、小さな音とともに茂みが微《かす》かに揺れた。

「焚火《たきび》につられてきたかね？　それとも、ラドラリーの刺客かな？」

木立の陰をゲルドリオが睨《にら》むと、二体の呪形《カーズドール》が姿を現した。

一体は片足がもげたアンティークドール。もう一体は、かくかくと絶えず口を動かしているくるみ割り人形。どちらも不気味なオーラを放ち、普通の人形ではないことはひと目でわかる。

「パーツ持ちではないな、魔力が薄すぎる。国に充満するラドラリーの魔力にやられた、木《こ》っ端《ぱ》の呪形《カーズドール》か？　ふむ。オブリエが呪いで溢《あふ》れる前に、急がないとな」

十字鎖の呪解器《ブリドーガ》を腰から外しながら、ゲルドリオがほくそ笑む。

「まあ、それはそれとして。助かるよ、君たち」

夜闇《やあん》に佇《たたず》む黄金の解体師《ブレイア》は、堂々たる満月のようにその場に構え、呪われし人形たちに向かって聖なる十字の呪解器《ブリドーガ》を振りかざす。

ゲルドリオの眼光が、狩人《かりゅうど》のように鋭く閃《ひらめ》いた。

「今日はなんだか、暴れたりないと思っていたところだからね」

五章　人形狩りは城下町にて奔走す

天を衝《つ》く白亜の大型建造物、リヴァス城。

その城は堅牢《けんろう》な城壁に囲われており、見る者に嫌でも威圧感を与える。威光を示すために貴族により十世紀に建造された歴史あるこの城も、今ではただの観光名所となっている。

そのリヴァス城を中心に栄えた町が、ポナパドル。城下町であるポナパドルは四六時中人の波が引かず、道という道にひしめくように露店が並ぶバザールが人気だ。

蒼穹《そうきゅう》の下で騒《ざわ》めくその市場は青空バザールと呼ばれ、住民に親しまれている。

人々の喧騒《けんそう》止《や》まぬ昼下がり。人いきれに揉《も》まれ腹を空《す》かせた観光客を狙い撃ちするのは、ポナパドル名産のラム肉を使用したサンドイッチの香り。飲食店や食材店だけでなく、雑貨屋や古着屋の数も多い。そのため、通り全面に極彩色がちりばめられており、歩くだけで異国情緒を脳に直接叩《たた》きこまれる。

そんな活気の止《や》まぬ市場の中を慌ただしく駆ける人影が、四つ。それと一匹。

ジンたちは、人波を掻《か》き分《わ》けながら嵐のように疾走していた。

そして、彼らに背を向けるようにして、少年がメインストリートを駆けている。

彼の右足は、普通の二倍ほどのサイズに発達していた。

褐色の肌の少年、リク。週に一度、母親と一緒にカロ神父の教会に訪れる敬虔《けいけん》なる信徒だが、今日は隣に母親の姿はなかった。

○

ジンとアインが修行をしながら呪形《カーズドール》のパーツを探し始めて、一週間が経過していた。

修行といっても、二人はなにも特別なことはしていない。ここ一週間は、基礎的な体力作りを行った程度だ。そしてジンは、対魔の武器である呪解器《ブリドーガ》の扱いをゲルドリオとポーラから教わった。

ジンは、裁縫道具を模した一般的な呪解器《ブリドーガ》から、ゲルドリオの十字鎖まで、一通りの呪《ブリ》解器《ドーガ》の扱いを覚えた。やはり手に馴染《なじ》むのは、針や裁ちバサミ等の普段から使う道具に近い見た目をした物のようだ。

しかし、ジンは。

「もしもアインがラドラリーの呪形堕ち《カーズドーラー》になったとき、アインの体を刃や針で傷つけたくないので……」

そう言って、ジンはゲルドリオに十字鎖を借り、扱いの難しいそれの使い方を体に叩《たた》き込《こ》んだのだった。

時間が経《た》つごとに、パーツから漏れるラドラリーの呪いがじんわりと、だが確実に国に浸透していく。そのせいか、ここ数日でパーツ持ちでない人形憑き《ドーラー》や呪形《カーズドール》と会うことも少なくなかった。

パーツ持ちと目される『人形の巨人《ドール》』がいるというポナパドルに向かうにつれ、アインが目に痛みを訴え始めた。

目撃情報とアインを頼りに、ポナパドルでパーツ持ちを探すこと、丸二日。

果実の量り売り店の屋根の上で休む少年をアインが見つけた。痛む右目を押さえながらアインが彼に声をかけようとすると、少年は脱兎《だっと》の如《ごと》くに逃げ出してしまったのである。

〇

「彼、異常な速度ですね」

先駆けを務めるゲルドリオの横で、ポーラが眉を曲げる。

発達した右足を踏みしめ、高く跳躍する少年。彼は軽々と人波を飛び越え、屋台の屋根の上を跳ねる。建物の壁や屋根を足蹴にするその様子は、まるで巨大なバッタだ。

よく見ると、少年の足は黒のニット素材でできており、地を蹴る度にその素材はバネのように伸縮と硬化を繰り返す。

市場を縦横無尽に跳ねまわる少年に驚き、観光客たちは悲鳴を上げ勝手に道を開ける。

割れた人垣を切り開いていくのはゲルドリオとポーラ。彼らは少年と遜色ない速さで道を駆け抜けていく。ジンとアインは、そんな二人についていくので精一杯であった。

走りながら、ポーラが後方のアインに顔を向ける。

「パーツの気配はあの子から感じますか？」

「はい！」

「なら、パーツ持ちは確定ですか。でも、『人形《ドール》の巨人』の目撃情報とは見た目が異なりますね。新手のパーツ持ちでしょうか？　同じ町にパーツが二つとは、運が良《い》いですね」

「ラドラリーは国中にパーツを撒《ま》いたらしいが、その割には僕たちの近くに集中しているように思える。逆に、見つけてほしい理由があるのかもな」

解体師《ブレイア》本部から提供された情報とボナパドルで聞き集めた情報を合わせると、『人形《ドール》の巨人』はその呼称通り、無数の人形が重なり体を形作る、巨人のような姿をしているようだ。

ポーラが、前方にいるゲルドリオに声をかける。

「どうしますか？　凄《すご》い勢いで逃げられてますけど」

「好戦的でないということは、ある程度自分の意識はあるのだろう。呪いに多少の耐性を持っているのかもしれん。まあ、とりあえずはあの厄介な足を止めるか」

ゲルドリオが、腰に巻いた十字架が連なるアクセサリーに手をかけ、ムチのように少年の足へと延ばす。

ゲルドリオの十字鎖はレイピアに変形させることも、そのまま振るうことも可能な万能の呪解器《ブリドーガ》。ただし、その扱いは非常に難しい。

「――『神へ捧げる断罪の十字《ブルガトリオ・クロシカ》』」

ゲルドリオがそう囁《ささや》く様を、ポーラは真顔で見守っていた。

「えっと、なんです？　今の必殺技みたいな口上は……」

「フハハ！　必殺技ではない。僕の呪解器《ブリドーガ》の名前さ！」

「はい？」

「なぁに、アイン嬢が呪解器《ブリドーガ》に名前を付けようとしているのを見て、インスピレーションを受けただけだ！　僕はどれだけ強く偉く優秀になっても、学ぶ姿勢を忘れないからね！　自分の武器には名前があった方が、愛着が湧き、戦闘の際にもそのポテンシャルを最大限に発揮することができ――」

「あ。わかりましたから早く捕まえてください」

少年は、背後から迫る十字のムチをすんでのところで上空に飛翔《ひしょう》し回避。しかし、それで彼の逃げ場はなくなってしまう。

「そこのご主人、ちょっと失礼！」

ゲルドリオは、前方にいる恰幅《かっぷく》の良い観光客の背を思い切り足蹴にして跳び上がった。彼はそのまま、少年に向かい十字鎖を飛ばす。

「めちゃくちゃしないでください。……えっと、大丈夫ですか？　衣服の洗濯代はこちらにご請求を」

飛翔したゲルドリオの元。ポーラは、踏まれて体勢を崩した男性を抱え、彼の手に請求書を握らせた。

跳び上がったゲルドリオと少年との距離は、およそ五メートル。その彼我《ひが》の差を埋めるのは、神聖なるゲルドリオの十字鎖、『神へ捧げる断罪の十字《ブルガトリオ・クロシカ》』。

少年に向かって飛ぶ十字架の先は、硬化したニット製の右足首へと絡まった。

瞬間、ゲルドリオは十字を手繰り寄せるが、勿論《もちろん》相手も無抵抗ではない。十字架によって燃える足首に顔をしかめながらも、少年は空中で暴れまわる。

結果。少年の右足の表皮の一部が剥《は》がれ落《お》ち、小雨のように観光客の上に降り注ぐ。

右足と十字架の間に若干の隙間が生じ、ゲルドリオの手元が狂った。

「ぬうぅッ!?　――おぉォ！」

ゲルドリオは少年を手繰り寄せることを諦める。されど、彼を逃がしはしないという意思だけで十字鎖を振るった。

少年は弧を描きながらバザール上空を舞う。遠心力により、彼は十字から解き放たれ、アーチ屋根の下の屋内バザールへとその姿を消す。

着地したゲルドリオが『神へ捧げる断罪の十字《ブルガトリオ・クロシカ》』を巻き取りながら叫ぶ。

「追うぞ、ポーラ！」

「駄目です、ゲルドリオさん」

冷静なポーラの声で、ゲルドリオは今の惨状に気が付く。

先ほどまでは存在しなかった暗く黒い魔力の奔流が辺りを支配していた。

その原因は、空中で剥落《はくらく》した少年の右足の一部。それが驟雨《しゅうう》のように観光客の上に降り注いでいた。

ゲルドリオが民衆に目を配る頃には、心に穴の開いた人間たちの姿がこの世のものとは思えない姿に変じていた。ある者は頭が綿のような物で覆われ、ある者は手が木製に変じ、ある者は足に布の花が咲いていく。

ゲルドリオはそんな人々の姿を見て、強く歯を噛《か》みしめた。

「人形憑《ドーラー》きかッ……！」

心に闇を持った人間の中に、少年の呪いの一部が入り込む。そうして人形憑き《ドーラー》となった人間たちが、辺り構わず暴れ始める。

呪いはまるでウイルスのように伝播《でんぱ》する。心が健康な者でさえも、人形憑き《ドーラー》に襲われた恐怖で、その肢体が奇態に変じていく。

怒号、悲鳴、暴力が。数秒前まで平和だった空の下のバザールを蹂躙《じゅうりん》する。

予想していなかった局面にジンとアインは狼狽《うろた》える。この街への移動中に、ラドラリーの魔力の影響で人形憑き《ドーラー》になった者は見てきたが、この規模は初めてだ。

人形憑き《ドーラー》の軍隊が、波となって四人に押し寄せる。それは肉の壁であり、異形の成りそこないたちの、群がりの塔。

彼らに意思はなかった。呪いの傀儡《かいらい》となった元人間たちは、ただ呪いを振りまくためだけに人々へ恐怖を撒《ま》き散《ち》らす。

「パーツを直接取りこんだロイは意識があったのに……！」

人形憑き《ドーラー》の猛攻をなんとかしのぎながら、ジンが呻《うめ》く。

「ふむ。それほど国中に充満するラドラリーの魔力が濃くなっているのだろう」

ゲルドリオは思考しながら、人形憑き《ドーラー》を十字のムチでいなす。ゲルドリオにより無力化された人形憑き《ドーラー》を糸で拘束しながら、ポーラが言う。

「どうしますか？　ここをこのままにもできないし、少年も追わなきゃですよ」

しかし、ゲルドリオは焦燥しない。数々の修羅場を潜《くぐ》り抜《ぬ》けてきた彼の頭脳が瞬時に最適解を導き出す。

「手負いのパーツ持ちよりも、この数の人形憑き《ドーラー》を相手にする方が面倒か。ジン坊、アイン嬢。彼の追跡は君たちに頼みたい。ここは僕とポーラでしか抑えられないだろう」

重大な役目を託され、二人の心臓が跳ねる。

「彼の自慢の右足は僕が削った。今なら君たちでも追いつけるはずだ。こちらが落ち着き次第、僕たちもすぐに追いかける！」

ジンとアインが強く頷《うなず》く。

二人は弾《はじ》かれたように飛び出し、人間と人形憑き《ドーラー》の波の中を縫い、少年の背を追う。

少ししたところで、急にジンが振《ふ》り返《かえ》り。

「あ、あの！　ゲルドリオさんッ！」

「どうした、ジン坊」

「……た、戦う前に、少し男の子と話をしてもいいですか」

ジンの発言に、ポーラが硬直。

「フ、ク、ハハ！」

そんな彼女とは対照的に、ゲルドリオは静かに笑い出す。

笑いながらも人形憑き《ドーラー》に対処するゲルドリオ。ジンを見る目が楽しげに光る。

「好きにしたまえ。僕たちの目的はあの子が持つパーツの回収だ。その際の方法は問わない。君は君の武器を使い、君の戦い方で戦いたまえ。ただし、死ぬな！　それが条件だ」

「わかりました！」

二人の解体師《ブレイア》にこの場を預け、ジンとアインは少年を追って屋内バザールへと踏み込んだ。

そこは、天井を分厚い屋根が覆う歩廊式の建築となっていた。道の脇に連なる店は、屋外の商店に比べ、衣服やアクセサリーの類《たぐい》が多い。外の騒ぎに気が付いたのか、屋内の観光客たちは粗方姿を消していた。

ジンがなにかを蹴飛ばした。下をよく見ると、人形の腕や足、衣服が辺り一面に散らばっている。明らかに少年の足から落ちた物ではないパーツを見て、ジンは首を傾《かし》げる。

「兄さん、早く！」

アインに急《せ》かされ、ジンはその場を後にする。こんなときにも人形を気にするジンに、アインはうんざりした視線を送る。

「兄さん、こんな状況であの子の話を聞いてる暇があると思う？」

「それは……」

遠間に少年の背を見つけ、ジンとアインはギアを上げる。ゲルドリオに右足をやられた彼は、ほつれたニット素材の足を引きずりながらも進み続けていた。

「でも、戦わずに済むのならそれが一番だろ？」

「それは、そうだけど」

「俺は救いたいんだ。呪形《カーズドール》によって苦しんでいる人間を。そして、人間を苦しませてしまっている呪形《カーズドール》たちを。ラドラリーの呪いを解き放ったのは、俺たちなんだから」

その言葉に、アインは無言で俯《うつむ》いた。

前方十メートル。少年の体が帽子屋と古着屋の間の隘路《あいろ》に消え、裏通りへと逃げていく。

二人は建物の間隙《かんげき》のほの暗い道へと滑りこむ。

――その瞬間。

ぞわりとした嫌な感覚が、アインの背筋を這《は》った。路地裏に足を踏み入れてすぐ、アインは右目を手で覆う。

「パーツの反応か？　あの男の子のものじゃなく？」

「それとは別の、大きな反応が近くに……。『人形《ドール》の巨人』かも」

右手を少しだけ上げて視線を確保し、手暗がりのままアインは、建物の壁に圧縮された細い空を見上げる。

「兄さん。男の子だけじゃなくて、そっちにも気を付けよう」

気を引き締め、二人は再び少年の背を追うべく裏路地と向き合う。

両脇を背の高い建物に囲まれた路地裏は小暗く、メイン通りに比べると嘘《うそ》のように人の気配は感じられない。

少年は、人間のままの左足と人形に変じた右足で確かに地面を踏みしめ、走っていた。

彼の右足は、いつの間にか元のサイズに戻りかけている。

「自然治癒か?」

ジンが少年を観察していると、彼が不意に道の中央で立ち止まったかと思うとニットの右足がみるみるうちに膨らんでいく。

「跳ぶつもりだ！」

叫んだジンが両端の壁を確認し、舌打ちをする。壁伝いに屋根の上まで逃げられれば、さすがにそれ以上追うことはできないであろう。

ジンはとっさの判断で、アインの頭に乗っているベヤの腹の口に手を突っ込んだ。

彼がそこから取り出したのは、ポーラから譲り受けたまち針。アインが『呪解愛針《サウザン・リドル》』と名付けた呪解器《ブリドーガ》。祈りと聖水により清められ、魔力を込められた、特別製。

ジンはそれを、少年の右足に向かってまとめて放る。

針部分だけで十センチほどもあるその特注品の呪解器《ブリドーガ》は、呪形《カーズドール》を解体するための物ではない。その本分は、捕縛能力にこそあった。

数十と発射された針の嵐が、壁と地を巻き込みながら、少年の右足を襲う。

跳ぶために硬化された少年の右足は、針のほとんどを弾《はじ》き返《かえ》す。だが、ニットの網の目を縫うように刺さった数本のまち針が、少年を捕縛する。

発火する足に悶《もだ》えながら、少年はそのままうつ伏せに倒れる。彼はすぐさま右足に刺さった針を手で抜き取りにかかるが。

「――ここまでだ」

少年は、視界の端で煌《きら》めく閃光《せんこう》を見た。それから、自分の首が上から押さえつけられていることを知覚する。

その正体は、少年の首を左手で押さえ彼の首筋に裁ちバサミを突きつけたジン。

「ころ、殺さないで……！」

ジンを見上げて怯《おび》える少年。近くで見る彼の姿に、ジンは先ほどまで元気よくバザールを飛び回っていた姿が嘘《うそ》のように思えてしまう。

人形憑き《ドーラー》となったその少年から、深い悲しみの感情がジンの胸に伝わってきた。

「殺したりなんかしないよ。なにか、悲しいことがあったんだろ？」

少年の首筋から、刃先を離す。

涙を浮かべる少年の顔をじっと見つめて、ジンは心からの微笑《ほほえ》みを浮かべた。

「俺は、君の話が聞きたいだけだ」

○

二人の解体師《プレイア》を襲う人形憑き《ドーラー》の数は、減るどころか時間が経《た》つにつれ増殖しているようにすら思われた。

通りを埋め尽くすほどの量の人形憑き《ドーラー》の集団を前に、それでも手練《てだ》れの解体師《プレイア》二人はその全てに冷静に対処する。

ポーラによって放たれた数十本の『呪解愛針《サウザン・リドル》』——否。呪解器《ブリドーガ》識別番号ＳＳ９５《エスエスナインファイブ》が宙を舞う。清められたまち針の先が人形《ドール》部分に刺さり、人形憑き《ドーラー》を地面や壁に縫い付け捕縛する。

そんなポーラに背を預けるゲルドリオは、決して彼女の方を振り向かない。

まるで自分の手足のように、タクトを振るう指揮者のように。ゲルドリオは『神へ捧げる断罪の十字《リオ・クロシカ》』を緻密《ちみつ》に操作する。

横薙《よこな》ぎに振るわれるその呪解器《ブリドーガ》が、津波のように押し寄せる人形憑き《ドーラー》たちを軽くなぎ倒していく。

ムチのようにしなるその十字鎖は、一見すると乱雑に振るわれているように思えるかもしれない。しかし、ゲルドリオの十字は人形憑き《ドーラー》の人間部分には一切触れていない。彼による、正確無比な手先の操作にのみなせるわざである。

十字鎖を操りながら、ゲルドリオは納得のいかないような表情で唇を曲げた。

「あまりにも数が多すぎる」

交戦している今この瞬間も、逃げ惑う人間の中から人形憑き《ドーラー》が絶えず現れる。その速度と量は異常であった。

「いくらパーツ持ちとはいえ、あの少年から剥《は》がれた足の一部だけで、ここまでの量の人形憑き《ドーラー》が生まれるはずがない」

ゲルドリオが目を眇《すが》めながら宙を睨《にら》むと、上空から人形の破片が降り注いでいることに気が付いた。

「新手か？　しかし、これだけ人形憑き《ドーラー》が多いと特定の魔力感知は厳しいか」

ゲルドリオは人形の破片の発生源を探す。数秒後、とある建物の屋上に巨大な人影のような物が見えた。それは異常な大きさで、全長は優に十メートルは超えるであろう。

ゲルドリオが苛立《いらだ》たし気《げ》に鼻を鳴らす。

「あのサイズのものに今まで気が付かなかったとはな。それだけ集中していた――いや、させられていた？　まさかこれは足止めか？」

屋上のその影は、ゲルドリオの視線に気が付いた瞬間、大量のパーツを空へと放る。

人形の頭、眼球、腕、足、服の破片、関節。様々なパーツが宙を埋め尽くす。

それらは次々に地面へと飛来。逃げ惑う人間たちを人形憑き《ドーラー》へと変えていく。

「ポーラ！　更に数が増えるぞ。気を引き締めろ！」

「……はぁ、ハァ……。鬼の体力のあなたと一緒に……しないで、ください」

十字のムチを振るいながら、苦戦するポーラに向かってゲルドリオが語りかける。

「ポーラ。どうして解体師《ブレイア》が二人以上で任務に送り出されることが多いか知っているか」

「こんなときに……お勉強、ですか」

疑問符を浮かべながらも、ポーラは答える。

「あ、悪魔から受けた呪いは……自分の暗い感情と結びつくため、自分の魔力に耐性を得ます。だから自分では自分の呪いを解体することができない。と、習いましたが」

「正解。さすがだな」

楽しそうに、ゲルドリオが口角を吊《つ》り上《あ》げる。

「いくら解体師《ブレイア》とはいえ、悪魔や呪形《カーズドール》に少しも嫌悪感や恐怖を持たぬ者はいない。だから、長時間の戦闘が続けば心の穴を突かれ、僕らも人形憑き《ドーラー》となってしまうことがある。その際、一人だと詰みだ。自分で自分の呪いを解体することはできないからね」

「なにが言いたいんです？」

それ、今しなきゃいけない話ですか？　という表情をポーラが浮かべた。

「なあに。言いたいことは二つだ。一つは、悪魔との戦いは短期決戦であるべし。もう一つは、人形や悪魔を恐れない者は強い、ということ」

ゲルドリオのその言葉に、ポーラが嘆息。

「なんだ、ただの自分のお気に入りの自慢ですか。ジンさんのことですね？」

「フハハ！　そうだとも。普通、悪魔と正面から対話しようものなら、上手《うま》く口車に乗せられるのがオチだからな！」

腹から声を出して笑うゲルドリオ。

「だとしても。パーツ持ち二人の相手は、発展途上のジン坊とアイン嬢には手に余るだろう。……よし。少し、テンポを上げるか――」

――不意に、本来戦場にはありえない音が響く。

それは、歌声であった。

民衆たちの悲鳴と怒号渦巻くこの場でも、不思議と耳に届く柔らかか、かつ力強い声。

その声の主は、黄金の解体師《ブレイア》、ゲルドリオ・ギュスタング。

ゲルドリオは、この場で唐突に賛美歌を歌い始めたのだ。

歌いながら、『神へ捧げる断罪の十字《ブルガトリオ・クロシカ》』を両手に持ち、力強く振るう。それらは自立し、以前アインの命を奪いかけた一対のレイピアの形を成す。

しかし、今回はそれだけではなかった。ゲルドリオは十字レイピアの鍔《ガード》部分を無理やりに結合させる。十字同士がパズルのようにはまり合い、二本のレイピアは巨大なハサミのような形へと変貌を遂げた。

数多の十字架の群れで形成された巨大裁ちバサミを肩に担ぎ、ゲルドリオは神へ祈りを捧《ささ》げる。

途絶えることなく賛美歌を口ずさみながら、ゲルドリオが振るう十字の刃先が、人形憑《ドーラ》きたちの呪いを次々に解体していく。

ゲルドリオの動きが早まるほど、賛美歌の速度も上がる。

宙を舞う解体したパーツ群に囲まれながら、ジンとアインの無事を願い、ゲルドリオが心中で再度神へ祈った。

○

路地裏の壁にもたれかかるように座る少年に、ジンが優しく声をかける。

「右足は痛むか？」

「いえ。右足が人形になってから、その部分は痛みを感じなくなりました。燃えたのはちょっと熱かったですけど、もう大丈夫です」

「私も一緒だよ。あ、右目だけはたまにズキっとくるんだけどね」

「お姉さん、目が……」

およそ人間の物ではないアインの右目を見て、少年は顔一つ分仰《の》け反《ぞ》ってしまう。

「うん。君の右足と一緒だね！」

アインは躊躇《ためら》わずに外套《がいとう》を脱ぎ、半分が人形に変じた自身の体を路地裏に晒《さら》す。

「アイン、お前……」

「この子なら大丈夫でしょ。君、名前は？」

「リク、です」

「リクくんね。私はアイン。こっちが私の兄のジン。それでこっちが、ベヤちゃん」

二人に向かって、リクは恭しく頭を下げた。

「殺されると思って、俺らから逃げてたのか？」

「は、はい。カソックを見て解体師《ブレイファ》かなと思ったので。ただの人形憑き《ドーラー》ではない僕を助けてくれる保証はないと思い、つい……」

体を縮めるリクを見て、ジンの心に波が立つ。

「ごめん。君がそうなったのは、俺のせいなんだ」

「兄さん……」

リクが目を見張り、不思議な兄妹を見上げる。

「その上で俺は君の話を聞きたい。呪いは、心に陰を持った者に宿りやすい。もしなにか悩んでいることがあれば、俺たちで良ければ聞きたいんだけど、どうかな？」

真剣な表情のジンを見て、少年は初めて二人に笑顔を見せてくれた。

「うん。お兄さんたち、悪い人じゃなさそう」

「僕、生まれたときからお父さんがいないんだ」

三人は今、横一列で裏通りの入り口を目指して歩みを進めている。

「僕とお母さんは二人暮らしで、お母さんは僕のためにずっと働いてくれてる。僕はそれを知ってたから、できるだけわがままを言わず生きてきた。家は貧乏だけど、僕たちは……少なくとも僕は幸せだった。お父さんはいないけど、お母さんがいれば、それだけで」

時々つまりながらも、リクは話し続ける。

「ある日。僕とお母さんは、黒い服が着せてある人形の胴体を拾って、家に持ち帰った。それには不思議な魅力があったんだ。恐ろしいけど、なぜだか惹《ひ》かれてしまうような……。僕とお母さんは、そのパーツを怖がりながらも、なぜだか手放せなかった」

「家に置いていたときは、リクもお母さんも様子がおかしくなったりはしなかったか？」

「うん。大丈夫だったよ」

過酷な環境で生きてきたからこそ、二人とも心に隙がなかったのだろうかと、ジンは感心した。

「でもね。次の日僕が学校から家に帰ったら、お母さんがいなかったんだ。そして、人形の胴体を置いていたリビングには血だまりが残ってた。あとで警察に調べてもらったら、それはお母さんの血だとわかった」

リクはそこで言葉と足を止め、目を伏せて震え始めた。

「それだけじゃない。僕は見たんだ。血だまりの上に、人形が固まってできたような化け物がいた。そいつは僕の存在に気が付いた途端、一瞬こちらに襲い掛かる素振りを見せた。でも結局、そいつは僕を襲わずガラス戸を破ってどこかへと逃走した。そいつに奪われたのか、パーツは消えていた」

頭を抱え、とうとうリクはその場でうずくまってしまう。

「あいつがなんなのかはわからない。人形のパーツのせいでああなったのか、人形のパーツを奪いにきたのか。ただ一つわかることは」

リクの瞳から、雫《しずく》の塊が滑り落ちる。

「あいつが、お母さんを食ったかもしれないってこと……」

ジンとアインの頭に、自分たちの両親を殺した殺人鬼のことが嫌でも想起させられた。

「お母さんがいなくなってから、僕は導かれるようにして、道端に落ちている人形の右足に触れた。それからは、ひっそりとバザールで暮らしてた」

涙を拭《ぬぐ》いながら立ち上がり、リクはなんとか再び歩き出した。

「お兄ちゃん、お姉ちゃん。僕、どうしたらいいんだろう。お父さんもいないし、お母さんも殺されちゃって、僕の体もおかしくなっちゃった。僕、これからどうすれば……」

リクから感情と涙が零《こぼ》れ落《お》ちる度、彼のニットの右足はより強固に、巨大になる。

そんな様子を見て、ジンは胸が引き裂かれるようだった。

心情を吐露しても、リクの心の闇が消えない限り彼の呪いは晴れない。その場合は彼を無理やり解体することになるだろう。だが、それで体が治っても少年の心までは治らない。

話し合いだけではどうにもならないこともあるのかと、ジンが臍《ほぞ》を噛《か》む。

袖で目元を拭《ぬぐ》い、泣き腫らした顔でリクは前を向く。

「話を聞いてくれてありがとう、お兄ちゃん、お姉ちゃん。少しだけ楽になったよ」

もうしばらく歩くと、いつの間にか裏路地の出入り口が目と鼻の先にまで迫っていた。

通りに足を踏み出すと、建物に遮ぎられていた陽光が三人の顔を照らす。

そして、そのあとすぐに。なんの前触れもなく。

――大きな影が、三人を覆い隠した。

耳が痛いほどの着地音が三人を襲い、彼らの目の前に唐突に壁が現れる。それは、上空から今しがた落下してきた人形の塊であった。

「……は？」

瞳孔の狭まったジンがそう呟《つぶや》いたのも束《つか》の間《ま》。その人形の怪物の着地時、化け物の体を形成している大量の人形のパーツが辺りに振り撒《ま》かれる。

バザールを背景に佇《たたず》むそれは、人形を寄せ集めて作られた威容の巨人。

丸い胴体に付いた細長い蛇のような手足が非常にアンバランスで、その歪《いびつ》な体躯《たいく》は見る者に不安と恐怖を押し付ける。

胴の膨らんだ人形の化け物を見て、ジンはロイのことを思い出していた。左腕のパーツを拾ったロイは左腕が巨大化していた。それならば、胴の膨れたこの巨人はラドラリーの胴パーツを吸収したのではないか。

「こいつが、『人形《ドール》の巨人』……ッ!?」

「人形が連なってできた巨人のような姿」――ポナパドルの住人に聞いたその情報を、ジンは思い出していた。

全身を人形で埋め尽くした巨人が、細長い右手を振りかぶる。

「アインっ!?」

背に衝撃を受け、咄嗟《とっさ》に振《ふ》り返《かえ》ったジンの視界に映り込んだのは。

宙を回転するパッチワークの右腕。

それと。

――右腕を失ったアインであった。

『人形《ドール》の巨人』が振るった右腕が、路地裏の入り口を形成する両脇の建物の壁面と、アインの右腕を抉《えぐ》り取《と》った。

巨人の予備動作に気が付いたアインはジンとリクを押し、巨人の攻撃範囲から避難させた。だが、彼女のパッチワークの右腕は小枝のように折れ、千切り取られてしまった。

「大丈夫かッ!?」

「平気、だよ……!」

強がりながらも、アインは失った右腕の切断面を見て愕然《がくぜん》とする。そこには、血も肉も骨も痛みも存在しない。

人形の巨人は、体を形成する人形が傷つくことを厭《いと》わずに暴れまわる。巨人を形作るパーツが無様に壊れ、落下していく。その度、ジンの心に棘《とげ》がささる。

やつはアインを傷つけ、自分はアインに守られてしまった。

巨人への怒りと、自分への怒り。様々な思いがジンの中で煮え立っていく。

「お前は」

血走った目で怪物を見上げ、立ち上がりながらジンは懐から裁ちバサミを取り出した。

「——俺が解体する」

ジンは、巨人に向かって走り始める。今のジンの頭からは、目の前の化け物の声に耳を傾けるという選択肢が消えてしまっていた。

「兄さん待って！　戦わなくていい！　路地に逃げたらそいつは追ってこられない！」

アインの言葉を無視し、疾駆。その際ジンは、リクを一瞥《いちべつ》。

「リク。走れるか？　アインの右腕を持って路地裏へ逃げろ」

そうとだけ言い、ジンは再び前を向く。リクは震えながら頷《うなず》き、千切れたアインの腕を抱いて走り出す。

巨人はリクには毛ほどの興味も示さず、その巨体をジンの方に向けた。

唐突に振りかぶられる巨人の左腕。

ジンはその機先を制し、上半身を後ろに反らしてパーツ群の猛攻を回避。

巨人の親指の先がジンの頬《ほお》を掠《かす》め、そこから少量の血が噴出。紅《くれない》を視界の中に収めながら、ジンは仰《の》け反《ぞ》ったまま無理やりに裁ちバサミを構え。

「――『呪形裁鋏《ビスク・ド・シザーズ》』」

アインが名付けたその名を呼んだ。

片手で扱えるほどの大きさの呪解器《ブリドーガ》ではあるが、その刃先は通常の裁ちバサミの二倍ほどもあり、人形部の切断に適している。

ジンは、陽光を受けたその刃先を巨人へと向けた。しかし、攻撃目的で人形の腹に刃を突き立てることに抵抗感を覚えたジンは、パーツ同士の結合部に刃を入れる。

迸《ほとばし》る閃光《せんこう》。ジンと巨人の間、そこに軽やかな火花が弾《はじ》ける。

ジンが突き出したハサミの先が、巨人の左手の甲に突き刺さった。

清められた裁ちバサミが呪いを解く。ばらばらと巨人の左手の一部が欠けるが、この調子だと全てを解体する頃には、ジンの方が先にバラバラになっていることだろう。

しかしそれでも構わない。自分の腕が千切れても、体がボロボロになっても、死んでも――。アインに害をなす者は自分の手で排除しなくてはならない。

ジンは、もう誰も失いたくなかった。アインの命は、なにがあっても自分が守らなくてはいけない。

その思考の元、ジンは一人で異相の化け物に立ち向かう。

路地裏に身を隠すアインの元に、彼女の右腕を持ったリクが到着する。その腕を見たベヤがアインの頭から飛び降り、彼女の腕を一旦、腹の大口にしまった。

「アインさん。僕、ジンさんと一緒に戦ってきます」

「リクくん⁉　駄目だよ！」

制止するアインを振り切り、リクは走り出してしまう。

「僕は、お母さんの仇《かたき》を取りたい。それだけです」

覚悟の決まりきったリクの表情を見て、アインは言葉を呑《の》み込んだ。

そんな彼女の横をひょこひょこと歩き、路地裏を出ていこうとするベヤ。

「ベヤちゃんも⁉」

アインは右手を頭に伸ばしかけ、右腕が千切れていたことに気が付き、左手で自身の髪を掻《か》きむしる。

「人間じゃない、タフな私も踏ん張らないとね……！」

そうして、アインは通りにその姿を晒《さら》したのだった。

リクが、幾分か回復した右足を軸とした動きで巨人を翻弄。辺りをハエのように舞うリクに対し、巨人は攻撃をしあぐねている様子であった。

ぽてぽてと走るベヤの頭上を大股で追い越すアイン。やがて、捨て身で特攻するジンの元へとアインが到着。

「兄さん！　ぶれちゃ駄目！　力じゃ勝てないよ！」

人形の巨人の攻撃をかわしながら、アインがジンの耳元で叫ぶ。

だが、ジンの全神経は巨人に向いているため、彼女の声は届かない。恐らくジンは、隣にアインがいることにも気が付いていないだろう。

アインは思考する。兄の意識を自分に向けるにはどうすればいいだろうか。

「私の右腕ならたぶんくっつくから！」

そう言ってからアインは、ジンがポーラの義手のギミックに感心していたことを思い出していた。彼はそのあと、アインの腕にもそんな要素があればかっこいいだろうと言っていた。

これは使えるかもしれないと、アインがジンの背に声をかける。

「え……ええっと、に、兄さん。兄さんが良ければ」

もじもじと恥ずかしがりながら、アインが言う。

「……ほ、縫合の前に、私の右腕改造しても、いいよ……？　なんて……」

「──え？」

「え？」

首が折れるのではないかと心配になるほどの速さでこちらを向いたジンと、アインの目が合う。煌《きら》めくジンの黒目には、「本当か？」と文字で書いてあるようであった。

刹那、正気に戻った二人が同時に赤面。

「う、嘘《うそ》！　冗談だから！　そんな期待するような目でみっ、見ないでよッ！」

「あっ、いやっ！　そうだよな!?　別に期待なんてしてなかったけどな!?」

そんな二人を影が覆う。頭上に振り下ろされた巨人の手を、ジンはアインを抱えて横跳び回避。立ち上がりながら、二人が気を引き締め直し巨人の次の動作を観察する。

「兄さん。あの巨人の中にもきっと人間がいるよ。話を聞きにいこう！」

「そうだな。……すまない、我を失ってた。お前の言う通り、俺はぶれてしまった。最初に、話をしようとするべきだったな」

裁ちバサミを持った右手で、ジンが眉間を揉《も》む。

「でも、嬉《うれ》しかったよ。私のために怒ってくれて」

「当たり前だろ。妹なんだから」

「あはは。そうだね。……ありがと」

左手で右腕の切断面を撫《な》で、アインが嬉しそうに微笑する。

ふと、ジンの目線がアインの右腕の切断面の上で固まった。布がめくれ、千切れた糸が外に顔を出したおよそ人間の物とは思えない腕。ジンはなぜか、そこから目が離せない。

人間ではない人形でしかないその切断面に、ジンの目線と心は引き込まれてしまう。

ジンは、カロ神父の言葉を思い出した。「悪魔は、人間の本心からの願いを叶《かな》えようとする」。

そのとき、ジンの中である想像が生まれてしまう。

アインは自分が契約したと言っていたが、それはまだわからない。

では、もしも願いを叶えたのがアインでなく、自分なら？　アインの体が変わってしまったのが、自分の願いだったなら――。

ジンは自分の頬《ほお》を殴り、無理やりにアインの腕から視線を逸《そ》らした。

「兄さんっ!?」

「……いや、すまん。気にしないでくれ」

じんわりと痛む頬を撫でながら、ジンはその考えを振り払う。

そんな二人の元に、足を引きずりながらリクが合流する。

「リク。あいつをひきつけてくれてありがとう。でも、もう無理はしないでくれ。あとは俺たちに任せてくれるか」

頷《うなず》くリクから視線を外し、ジンは人形の巨人に首を向ける。

巨人の足元では、ベヤが軽快なステップを披露しながら、攻撃をしのぎ続けていた。あまりにも的が小さすぎるのか、人形の巨人はベヤへ攻撃を当てることができない。

「ベヤだけに頑張ってもらうわけにはいかない。いこう、アイン。やつの表皮を剥《は》いで、中の人間と話をする。そして、呪いを解体する」

二人が並び立ち、自分たちの身長の五倍以上の全長を誇る人形の団塊を見上げる。

「といっても、正面から向かってもすぐやられるだろうな……」

「いばらないでよ!? なにかあいつの弱点とかわからないの？ 人形、好きでしょ？」

「弱点か。わかった、探してみる」

人形の巨人は、巨大な球状の体を細い足で支え、細い手を振り回している。しかし、時折バランスを崩し、あらぬ方向に攻撃をすることも少なくなかった。

「随分とバランスの悪い体だな。どうやって立っているのかは謎だが、足を攻撃して転倒させられれば、自重で体を崩壊させられるかもしれな――」

「よし、作戦それね！ いこう！」

言下、流星の如《ごと》く駆け始めたアインに嘆息しながらも、ジンがその背を追いかける。

巨人の手により穿《うが》たれた地面の亀裂を、二人で同時に飛び越える。

近づく二人に気が付いた人形の巨人が、右手で地を薙《な》ぎ死地を生む。その魔手よりも先に体を襲う風圧に髪を暴れさせながら、二人は横に跳ねてそれを避《よ》け、先へ進む。

ジンへと飛んでくる攻撃を、アインが自分の人形部分である左手と右足で弾《はじ》き、凌《しの》ぐ。

「お前！　自分の体を大切にしろ！」

自分の体を顧みないアインに激昂《げきこう》するジン。そんな彼女のことをジンは、体に傷を作り、血を流しながら身を挺《てい》して守ろうとする。

「人形部分は兄さんが直してくれるでしょ！」

「俺任せかよ！」

止《や》むことのない暴力の嵐の中。ジンとアインはお互いがお互いのことを守り合う。やがて二人は人形の巨人の足元に滑り込み、ベヤとの合流を果たした。

「こっちだアイン！　ベヤ！」

ジンがアインの襟首を掴《つか》んで彼女を引っ張り、巨人の右足の元へと進んでいく。ジンに声をかけられたベヤも、地面を跳ねながら二人の元へと辿《たど》り着《つ》くが——。

人形の巨人の、しなやかに伸ばされた右腕の大振りが近づいてくる。

「登れ！　上にいくんだ！」

ジンの意図を察したアインが巨人の右足に手と足をかけ、片腕で器用に登っていく。ジンとベヤも、すぐにアインの背を追った。

急に縦軸への動きを始めた一行に対し、人形の巨人の右手はその動きを変えることができない。

「今だ、跳べ！」

二人と一匹が巨人の右足から跳び、轟音《ごうおん》が城下町に響き渡る。

人形の巨人の右手は、自身の右足を粉砕した。

パーツの雨が降りしきる中。なんとか受け身を取り着地を決めるジンとアインとベヤ。

バランスを崩し始める人形の巨人から十分な距離を取り、避難をしていたリクとともに、その巨塊の崩壊を見守る。

右足を失った人形の巨人は、建物を巻き込みながらゆっくりと背中から倒れ、地に沈んでいく。

そうして、空気を震わせる一際大きな音を立てながら、巨人の体の大半は地面に叩《たた》きつけられた衝撃で崩壊してしまう。

「なんとか、上手《うま》くいったか……？」

舞い上がる土煙に咳《せ》き込《こ》みながら、どっと汗を掻《か》いたジンがへたり込む。

しかし、ここからが本番であった。

三人と一匹は、巨人の体から剥《は》がれ落《お》ちてできた人形の海を掻き分けながら、崩壊し動かなくなった人形の怪物へと近づいていく。

三分の一ほどになった巨人の胴体を見て、ジンが息を呑《の》む。

崩壊した巨人の胴体。その中に体を埋め込まれた、人間の顔が視界に映る。

それは、四十代半ばの女性であった。

彼女を見て青くなった顔のリクが、こう溢《こぼ》す。

「お母さん！」


リクの声に呼応するかのように、体を人形に呑まれたその女性が目を開く。彼女は、目の前の少年の顔を見て、消え入りそうな声で彼の名を呼ぶ。

「リク……？」

様々な疑問と、母が生きていた驚きと嬉《うれ》しさがない交ぜとなり、どの感情によるものなのかがわからぬまま、リクは落涙する。

「お、お母さんがパーツを持ってたの？　食べられたんじゃなかったの……？」

震える声で発されたリクのその問いに、リクの母は瞑目《めいもく》しながら頷《うなず》いた。

「仕事が上手くいかなかった日、あのパーツに触れたんだ。拾った日は触ってもなんともなかったのに、その日は駄目だった。私、パーツに呑みこまれて化け物になっちゃった」

虚《うつ》ろな顔で語る母に、リクは疑問をぶつける。

「なら、部屋に残っていたお母さんの血は……」

「あれは、私の体が変形する際に出た、正真正銘私の血だよ」

リクの母が、息子に温かい目線を送る。

「リクが帰ってきたとき、私はまだ意識があった。だから覚えてる。……私、リクを殺しかけたんだよ」

リクは、はっきりと覚えている。化け物が逃げ出す前、リクを襲いかけたことを。

「でも、そのときはまだ少し理性が残っていたから、なんとかリクの傍《そば》から離れようと思って家を飛び出したんだ。そこから先はよく覚えていない。でも、遠くからリクのことを見守っていたことはなんとなく覚えてる。リクが、私と同じような状態になってしまったことも知ってる」

リクの母の目じりから、温かい物が流れ落ちる。

「お父さんが死んでから、私はリクに大変な思いをさせ続けてきた。リクを支えてやることができなかった。それどころか私は、リクを殺そうとした」

「お母さん、ちが――」

「私、このまま死のうと思う」

人形に体を覆われた彼女の瞳は、うろのように深い陰を内包している。

「なん、で……？」

リクの顔が絶望に塗りたくられ、その顔からは生気が徐々に抜け落ちていく。

「私はこの体になってから、たくさんの人を巻き込み、傷つけた。自分の息子も、殺しかけた。こんな汚れた魂じゃ、リクの母親は務まらない」

「お母さん、そんなこと……」

「そこのお二人」

リクの言葉を遮り、彼女は微笑をジンとアインに送る。

「見たところ、解体師《ブレイア》の見習いかい？　悪かったね。二人のことをたくさん傷つけてしまって。良ければ、私にとどめをさしてほしい」

アインは顔を俯《うつむ》け、リクは無言で涙を流す。

ジンは顔を伏せたままに息を吐き、右手に持った『呪形裁鋏《ビスク・ド・シザーズ》』を強く握り締める。

「心も体も弱った今なら、俺でもあなたを解体できるでしょう。解体ついでに命を奪うことも容易です。でも、それで無理やり呪いを解いたとして、あなたたちの心の穴は埋まるのでしょうか……」

諭すようにではなく、ジンは純粋に疑問を抱いていた。

「呪いの解体後に二人が心に闇を抱えたままなら、また人形憑《ドーラー》きになってしまうかもしれない。呪いが悪化して、呪形堕《カーズドーラー》ちになる可能性だってある。俺は、二人にこれ以上不幸になってほしくない」

人形憑《ドーラー》きの二人を前にすると、嘘《うそ》のように自分の気持ちと思いが湧いてきた。

「あなた方が不幸になってしまったのは……俺たちが悪魔を解放してしまったからなんです。俺たちは禁忌を犯しました。それでも、俺たちはその罪を償おうと旅をしています」

ジンが唇を湿らせ、続ける。

「人間はたぶん……いつでも、どんな状況からでもやり直すことができる。立ち上がるために、足が付いている。思いを伝えるために、口が付いている。……だから、リクのお母さん。死ぬなんて、言わないでほしい」

ロイの例もあり、ジンはパーツを取り込んだ彼女の判断力が正常ではないことを知っていた。

「俺はずっと人形と話してきたからか、なんとなくですが人形や人形憑き《ドーラー》の秘めた感情を知ることができます。あなたは……本心をリクに語っていない。語る前に死んだらきっと、死に切れませんよ」

リクの母の眉が微《かす》かに動く。それをジンは見逃さなかった。

「パーツ持ちの人形憑き《ドーラー》になったあなたは、確かに意識を失っていたのでしょう。でも、あなたは無意識でリクを助けようとしていた」

「え……？」

声をあげ、リクがジンに顔を向けた。

「出どころのわからない幾つかの人形のパーツが通りに落ちていたのを見ました。あれは、人形憑《ドーラー》きを増やすためにあなたが振りまいたものじゃないですか？」

リクの母は答えない。それは、事実を知って黙っているのではなく、真実を知らないからこそであろう。

「解体師《ブレイア》に追われるリクを見て、あなたはその足止めをするために人形憑《ドーラー》きを増やしたんだ。パーツを持って狂暴化しているから、解体師《ブレイア》が助けてくれるとは言い切れませんからね。……もしもあなたに意識がなかったとしても、あなたは無意識で自分の息子を守るために行動したんですよ。家でリクに会った際も合わせると、二度もです」

「私、が……？」

リクの母が顔を上げる。

「お母さん……」

涙目のリクを見て、母の目からも温かい物が溢《あふ》れ出《だ》す。

「リクのお母さん。本当は、あなたはまだ死にたくないはずです。息子思いのあなたがリクを置いて先に旅立とうとするはずがない。人形憑《ドーラー》きになると、正常な判断ができなくなるんです。贖罪《しよくざい》なんて必要ありません。それをするのは、俺たちの役目ですから」

ジンは、リクの母を正面から見据える。

「実は、俺たちには両親がいません。親の気持ちはわかりませんが、リクの気持ちはわかります。リクはあなたを必要としている。あなたもリクを必要としている。……だからどうか、リクを抱きしめてあげてください」

悲しみで頬《ほお》を濡《ぬ》らしたリクの母は、悔しそうに首を横に振る。

「で、でも。私に、リクを抱きしめる資格なんて、もう……」

ジンが微笑《ほほえ》み、リクの母の言葉を否定する。

「きっと、家族の間に資格が必要なことなんてありませんよ」

ジンの優しい声に、リクの母はぎゅっと強く唇を噛《か》みしめた。

「リク……」

彼女は、なにかを思ったのか一度は下を向く。だが、次に顔を上げたときにはリクの母の表情から陰は消え去っていた。

呪いから、しがらみから。彼女は、解き放たれていたのだ。

「……おいで、リク」

「お母さんッ！」

リクは、人形に埋まる母に向かって飛び込んだ。

その瞬間、解凍でもされたかのように人形同士の結合が、呪いが、解かれていった。

雪崩《なだれ》のように溢《あふ》れていくパーツの中心に立っていたのは、どこにでもいる普通の母親と、その息子にほかならなかった。

そんな親子のことを感涙の面持ちで見守っていると、ベヤがパーツの川の中から呪形《カーズドール》の右足と胴体を見つけ出し、それを腹の大口へとしまった。そうして、内在魔力が増大したベヤが、リクとリクの母の元へと歩いていく。

「ベヤ？」

その様子を、ジンは訝《いぶか》し気《げ》に眺める。パーツを取り込み、邪悪な力を増したベヤがなにをしでかすか注視していたが、ベヤはリクの母に身振り手振りでなにかを伝えようとしていただけであった。

ベヤを見るリクの母は、酷《ひど》く怯《おび》えたような表情をしていた。

○

屋外バザールに向かった四人と一匹を出迎えたのは、堆《うずたか》く積まれた人間の山。その上には、足を組んで四人に向かって手を挙げるゲルドリオの姿が。

「あ、あの……。ゲルドリオさん、それ……。その座り方……」

それと、人間の山の傍《そば》でぐったりとうつ伏せに倒れ、肩で息をするポーラの姿も。

「倒した悪い敵の数をほこるときにやるやつ、です……。今はその人たち、解体されて普通の人間なんで……。意識ない人間、椅子にしないで……」

「フハハ！　声が小さくてよく聞こえんぞ、ポーラ！　僕は今高所にいるのでね！　だが、君にはその地面がお似合いかもな！　僕たちの差を表しているようじゃないか！　フ、ク、ハハハハ！」

なにかを言いかけたポーラであったが、疲労がピークに達したのか意識を失ってしまう。

唐突に人間の山から降り立つゲルドリオ。彼は四人の元に歩きながら、大きな音を立てて手を鳴らす。

「本当に素晴らしいよ、ジン坊。アイン嬢。まさか僕の助けなしで、二人のパーツ持ち人形憑き《ドーラー》の解体に成功するだなんてね。僕が見込んだだけのことはある！」

ゲルドリオの視線がリクとリクの母に向かう。それから、体中に擦り傷のできたジンと、アインの失われた右腕へと素早く移動。

「むっ!?　さすがに無傷とはいかなかったか。ジン坊、アイン嬢、すぐに手当てを」

「私はあとで兄さんに縫ってもらいます」

「俺も軽症なので大丈夫です。ところで、ゲルドリオさんはここでなにを……？」

暗に、どうして助けにきてくれなかったのだという意を込めた質問に、ゲルドリオは正直に答える。

「君たちが向かった方角から、大きな魔力の出現と消失をほぼ同時に感じた。そのときにはこちらの人形憑き《ドーラー》の数も減り、僕の魔力感知も正常に機能していたからね」

「俺たちの解体が上手《うま》くいったのがわかったから、こっちにはこなかったんですね」

「うむ。それで暇だから、人間たちをひとところに集めて山を作っていたのだよ」

どういう思考回路していたらそうなるんだ。喉まで出かかったその言葉を、ジンはなんとか呑《の》み込んだ。

「よし！　これで、ここでの任務は終わりだ。二つものパーツを集めることができたのは、僥倖《ぎょうこう》。残すは頭部のパーツのみだ！　ジン坊、アイン嬢。もう今日は休んで良《い》いぞ」

ゲルドリオにそう言われ、無視していた疲労がジンとアインの体を襲う。二人は背中合わせにずるずるとその場に腰を下ろしてしまう。

そんな二人を見たゲルドリオの頬《ほお》が、柔く上がる。

「そちらの家族は……。ふむ。見たところ、パーツ持ちだった者か」

急に声をかけられ、リクと母はびくりと姿勢を正した。

二人を見据えるゲルドリオの目に、慈愛の色が灯《とも》る。

「自分の意思とは関係なく体が動くのは辛《つら》かっただろう。人形憑き《ドーラー》だった者のメンタルケアやアフターケアも、立派な解体師《プレイア》の仕事だ。好きなだけ、頼ってくれていい」

優しいゲルドリオの声に、リクの母は胸を撫《な》で下《お》ろした。彼は変わった人間だが、芯の所ではしっかりとしているらしい。

ゲルドリオは、倒れているポーラを後ろ手に指さし。

「ただ、僕はそういったことは一切できないから、頼るならあっちで伸びている解体師《プレイア》を頼ってくれ。あれでも優秀なんだ。特に雑務はな。フハハ！　ではよろしく頼む！」

そう言い残し、ゲルドリオはどこかへと去っていってしまう。

リクとリクの母は、呆然《ぼうぜん》とその背を見つめることしかできなかった。

○

いつの間にか、静謐《せいひつ》な夜が降り落ちていたポナパドルのバザール。

空には、まるで呼吸でもするかのように絶えず瞬《またた》く星々がひしめいている。耳を澄ませば、天体の回転音でさえも聞こえてきそうだ。

メイン通り中央に位置する石階段に、ジンとアインは腰を下ろしている。

ジンがアインのパッチワークの右腕を、無心を装って縫う。ベヤは、そんなアインの頭に乗っている。

夜の市場に響くのは、糸が布の間を通る音だけだ。

「お前に話しておきたいことがある」

唐突に吐き出されたジンの言葉に、アインが顔を上げる。

「なに？」

間近で顔を見られ、思わずジンの手は止まってしまう。

ジンが見返すのは、彼女の人間の左目ではなく、右の黒ガラスの瞳。

平静であろうと努めながら、ジンは針を動かす。そして、なんでもないことのように口を開く。

「お前の体……もしかしたら俺が――」

「あのー」

「「どわぁっ⁉」」

急に背後から声をかけられ、二人はその場で飛び上がってしまう。

振り返《ふりかえ》ったその先には、リクとリクの母が立っていた。

ジンは心臓を押さえながら、右手に持った針を針さしに突き立てる。

「び、びっくりしたぁ……。驚かせないでください。俺今、針使ってるんで……」

言いながらも、普通の人間に戻ったリクの母に委縮してしまい、ジンの言葉の後半は聞き取れないほどに小さくなっていた。

「あ、ごめんなさいねぇ」

先ほどの声の主であるリクの母が軽く頭を下げた。彼女は、ちらちらとベヤを見ている。

その様子を、ジンは不審そうに眺めていた。

「さっきはタイミングを逃してしまったんですけど、伝えておいた方がいいかなと思うことがありまして……」

微《かす》かに首を傾ける二人に、リクの母は内緒話でもするかのように声を潜めて言った。

「呪形《カーズドール》のパーツについてなんですけど――」

思いがけないその内容に、ジンとアインは目を見開いた。


リクとリクの母と別れ、ジンとアインは静まり返ったバザールを歩いていた。

「で、兄さん。私に言いたかったことってなんだったの？」

「ん、ああ」

自分の前髪を指で弄《いじ》りながら、言《い》い淀《よど》むジン。

「いや、今はいい。またいつか言うよ。すまん」

「別にいいよ」

さらりと言うアイン。もっと詰められるかと思ったジンは拍子抜けした。

「私も兄さんに言いたいけど、言えてないことがたくさんあるから」

その言葉になにも返せずにいると、アインに話を変えられた。

「にしても、びっくりしたね。リクのお母さんの話」

「ああ。……どこまで信じていいのかはまだわからないが」

「うん。まさか、リクくんのお母さんに呪形《カーズドール》のパーツを渡したのも、ラドラリーの最後のパーツを持っているのも――」

光を砕きちりばめられた夜を、異色の瞳に閉じ込めたアインが言う。

「──カロさんだなんて」

六章　兄VS悪魔

二人のパーツ持ちを解体した次の日。四人は鉄道でとある場所に向かっていた。

アインは外套《がいとう》を羽織っているが、奇怪な見目のベヤが——いや、公共の場ではぬいぐるみを抱いているというだけでどうしても目立ってしまう。

しかし、その近くに解体師《プレイア》が二人もいるため、なにかワケありなのだろうと勝手に解釈されるのか、変に干渉しようとする者は今までに一人もいなかった。

移動中、ゲルドリオはベヤに向かって鋭い視線を投げ続けていた。

「僕が持っているパーツを除くと、ベヤくんの元に四つが集まっている。ベヤくんの魔力はかなり増大し、ラドラリーの支配力も上がっているかもしれん。ジン坊、ベヤくんが今なにを考えているのか、なにかを企《たくら》んでいるのか……君ならわかるかね？」

人形や人形憑《ドーラー》きの真意を読み、心を通わせてきたジンの力を、ゲルドリオは高く評価していた。

「ベヤ自身には、なにか思惑があるようには思えません。ただ、ベヤの奥にはなにか別の影が潜んでいるような……そんな気はします」

「わかった。ベヤくんからパーツを切り離す際には、十分留意しなくてはな」


駅員もおらず改札もない寂れた駅に、四人は降り立った。

駅からは山に向かって細い一本道が延びており、その両側は林に囲まれている。自然一色の道を歩きながら一向が目指すのは、カロ神父がいる教会。

リクの母に聞いた話を、ジンとアインはすぐにゲルドリオとポーラに伝えた。

二人ともその話には懐疑的な様子であった。だが、悪魔の封印は神聖な場所で行った方がいいということで、カロに話を聞くついでで、彼の教会を目指すこととなった。

「カロさんの罠《わな》だったりしませんかね？　最後のパーツの存在をちらつかせて、俺たちを教会に誘い出すための……」

背後に流れていく木立を眺めながら、ジンが言う。

「ジン坊が、僕らを派遣したカロ神父を疑うのも仕方のないことかもしれないな。……うむ。全てを疑ってかかるのはなにごとにおいても重要だろう」

道を渡り切り、ゲルドリオが獣道へと足を踏み入れる。その後に、三人が続いた。

「だが、僕はその情報を渡した母親こそ怪しいと思うがね。急にそんな情報を渡してくるだなんて、怪しさ百点、不気味さ満点じゃあないか。話を聞くに、彼女らはカロ神父の教会に足しげく通っていたようで、本当に交流はあったようだが……。どうにもキナ臭い」

「じゃあ、拘束でもして無理やり連れてくるべきだったんじゃないですか？　もう解放しちゃいましたけど」

ポーラの言に、ゲルドリオが首を横に振る。

「僕の憶測ではあるが、彼女はどうせ傀儡《かいらい》に過ぎない。まあ、罠《わな》でもなんでもいい。とにかく、どこかの教会には向かうつもりだったんだ。カロ神父がなにかを企てているのなら、ラドラリーを封印するついでにとっちめればいい。それだけのことだ」

歩きながら、ゲルドリオがラドラリー封印の手順の説明を始める。

「ラドラリーの本体は今まで集めたどのパーツにもいなかった。そうなれば必然、やつは頭部のパーツに潜んでいるということになるだろう」

ゲルドリオが淡々と続ける。

「悪魔を封印するためには人形が必要不可欠だ。今回はラドラリーが封印されていた呪形《カーズドール》のパーツを組み立て、使用する。既にヤツの魔力が染みた依り代《よりしろ》を使えば、滞りなく封印ができるからな」

ゲルドリオが目の端でベヤを見た。ベヤの首の綿には、ラドラリーのパーツである右腕、左腕、胴、右足が生えている。

「まずベヤくんからパーツを切り取り、僕が持つ左足のパーツも合わせて結合する。つまり、頭部のない人形を作るんだ。これはジン坊に頼みたい。ラドラリーほどの悪魔が宿る呪形《カーズドール》に迂闊《うかつ》に針を入れると、解体師《ブレイア》である僕たちでも呪いをもらう可能性がある。だがジン坊は、呪いに強い耐性がある」

「わかりました」

男らしく引き締まったジンの表情を見て、ゲルドリオは淡く口元を緩めた。

「あとはカロ神父から頭部のパーツを奪い取り、人形を完成させればいい。本当に彼がパーツを持っていれば……だがな。その後の悪魔の人形への封印手順は、一応あとでジン坊とアイン嬢にも教えておこう。僕とポーラの身になにかないとも限らない。なに、一度封印に使用された呪形《カーズドール》なら初心者でも失敗はしないさ」

どこか不安げな顔をするジンを安心させるように、ゲルドリオが言う。

「そう難しい任務ではない。ラドラリーがなにか変な企てをしていなければ、だがな」

「だ、大丈夫ですかね？　もし、ラドラリーと正面から戦うことになったら……」

そう言い、目を伏せるジン。

「戦うことになったとしても、場所が場所だ。教会では悪魔の能力は大幅に低下する。恐らく、『悪秘体現《アルス・マグナ》』も容易には使えないはずだ」

「アルス・マグナ……？」

疑問符を浮かべるジンに、ゲルドリオが冷静に言い放つ。

「上級以上の悪魔が使う秘奥だ。悪魔が魔界から力を呼び込み、この世に超常現象を引き起こす。それさえなければ、なんとかなるはず……。いや、そう信じるしかあるまい」

「なにか、対抗策はないんですか？」

「あるにはあるが、呪いの力を借りるその技は教会では使えない。だから、教会でラドラリーと対峙《たいじ》するのは一種の賭けでもある」

○

「さて。準備はいいかな？」

教会を前にしたゲルドリオが親指で顎を押し、首を鳴らす。

「アイン、ベヤ。気分はどうだ？」

ジンの問いにアインが小さく頷《うなず》く。彼女の頭上のベヤも同様だ。

「今の所は大丈夫。耐性ついてきたかな？」

アインが力強く胸を張った。

「パーツの気配は感じるか？」

「今のところは感じない。教会だからかな？」

アインが、右目を手で押さえながらそう言った。

「カロ神父にはアポを取っていません。彼がなにか企《たくら》んでいるとしたら、既に教会内に罠《わな》の類《たぐい》が設置されているかもしれません。気を付けましょう」

ポーラの後に、ゲルドリオが付け加える。

「それと、君たちのことはまだカロ神父に報告していない。フハハ！　ぴんぴんしているアイン嬢に驚くカロ神父の顔が今から楽しみだ」

さらっと付け足されたその情報に、ジンとアインは驚愕《きょうがく》する。

ジンは、ゲルドリオではなくポーラに耳打ちした。

「も、もしかして、お二人が俺とアインを連れ回してるのって、内々に行ってるんですか？」

ジンの言葉に、力なく頷くポーラ。

「はい。でも、ラドラリーを封印できれば私もゲルドリオさんも……恐らくジンさんもアインさんもそこまでのお咎《とが》めはないでしょう。お二人、かなり活躍してくれていますし。まぁ、マッチポンプにもほどがありますがね」

肩を落とすジンを励ますように、ポーラが言う。

「ジンさんとアインさんは、責任を感じなくていいですよ。悪いのは、人間の心の隙に入り込む悪魔の方ですから」

「さあ、いこうか」

ゲルドリオが襟を正し、教会の扉を開く。

建物の中から漏れ出す眩《まばゆ》い光が、四人を歓迎した。

数秒後。光に慣れたジンの網膜に映りこんだのは、豪奢《ごうしゃ》な教会の内装。それと、広間で祈りを捧《ささ》げるカロ神父の姿。

それは、以前となんら変わらぬ光景。

来客に気が付いたカロの視線が入り口に向く。そして、その訪問者の中にジンとアインの姿を見つけ、カロは驚きの色を目に浮かべた。

そんな神父のことはおかまいなしに、ゲルドリオは腰に巻いた十字鎖をじゃらじゃらと鳴らしながら大股で——まるで役者のように大仰な所作で歩く。

「久しいな。なんの用だね？　ゲルドリオ」

ジンとアインには触れず、カロはゲルドリオに顔を向けた。

「久方ぶりですね、カロ神父。養成学校ではお世話になりました」

ゲルドリオが、慇懃《いんぎん》に目礼する。

「……なぁに。悪魔の封印を手伝ってもらおうと思っただけですよ。まあ、あなたが信頼に足る人物ならの話だが」

その言葉に、カロの眉間が数ミリ動く。

「カロ神父」

ぴたりと中途で足を止め、ゲルドリオは緩慢な動作で両腕を広げた。

「あなた、悪魔と通じていたりはしまいな？」

教会内を満たした沈黙はものの数秒であった。

口元に微笑を含めたカロが静寂を破る。

「私が悪魔と通じている、か……」

背中で手を組みながら、カロは歩を進める。小気味良い靴の音が響く中、彼の視線はゲルドリオの後方、ジンとアインに向けられていた。

カロが再びゲルドリオに目線を戻す頃には、老神父の顔から笑みは消えていた。

「解体師《プレイア》でありながら、悪魔と契約した人間を従える君が私に言えた立場なのかな？」

「フハハっ！」

手で口元を覆いながら、ゲルドリオは愉悦に頬《ほお》を歪《ゆが》める。

「カロ神父。まあ、そう睨《にら》まないでください。なにも僕は、本気であなたが悪魔の手先に堕《お》ちたのだとは思っていない。ただ、可能性を排除したかっただけですよ。それに」

ゲルドリオが、首だけでジンとアインを振《ふ》り返《かえ》る。

「彼らは優秀です。僕の助けなしで、何人ものパーツ持ち人形憑《ドーラー》きを解体してみせました。

アイン嬢を処罰しなかった僕の判断は、正しかった」

「その考えに至るのは早計だろう」

カロは、鋭い眼光でアインをねめつける。

「アインくんがラドラリーと契約をしたのなら、彼女の体は力を取り戻したラドラリーに容易に乗っ取られてしまう。ラドラリーの呪形堕ち《カーズドーラー》となった彼女が悪事を働いた場合、その責任は全て君にいくのだぞ。ゲルドリオ」

「カロ神父。そんなことはわかっています。アイン嬢の様子がおかしくなれば、すぐに僕が殺します。で、どうなのです？　あなたは悪魔に魂を売ったのか？」

高圧的なゲルドリオと相対しても、カロは至って落ち着いている。

「優秀な解体師《ブレイファ》である君が、敬虔《けいけん》なる者と神に背いた者の違いもわからないのか？　君こそ信仰が足りないのではないかな、ゲルドリオ」

「御託はいい。さっさと最後のパーツのありかを教えてくれませんか？」

「最後のパーツ？　なんのことかな」

「とぼけても無駄ですよ、カロ神父」

ゲルドリオとカロの視線が混ざり合い、教会全体を覆う見えない重圧がこの場から平穏を切り離していく。

雪夜のような静寂が続く中。

それは、唐突に起こった。

微《かす》かな。本当に微かな音が教会に響く。

それは、金属のこすれるような音。

ジンは、その音が自分の隣から聞こえたような気がした。

そして、その音にはなんだか聞き覚えがあった。

恐る恐る、横にいるアインを視界に捉える。

「……え？」

ぞわりと、脊髄を直接指で撫《な》でられたような感覚。

ジンは、自分の目を信じられなかった。信じたくなかった。

目が、合ったのだ。


アインの服を捲り上げ、腹のファスナーから顔を出す人形の頭部と。


「……ラド」

声を出す前に、ジンの視界は反転した。続いて、鈍い痛みを腹部に覚える。

床を転がりながらジンが見たものは、アインの頭から飛び降り、拳を放つベヤの姿。

そこでやっとジンは気が付く。

アインの腹部に潜んでいたラドラリーが、ファスナーを開きアインの腹から出てきたのだと。そして、それに気が付いた自分がベヤに殴られ吹き飛ばされたのだと。

「愚かなものだ。人間というものは」

不意に落とされる、垂氷《たるひ》の如《ごと》く冷たく尖《とが》った声。

それはアインの腹から聞こえてきた。

耳を塞ぎたくなるような、歪《いびつ》な、どこかで聞いた声。

「目の前に悪魔《わたし》がいるのに、人間同士で争うのか」

以前と少し違うのは、今はその声が女性のもののように聞こえるということ。

床に伏すジンに気を取られ、ゲルドリオの判断が一瞬遅れる。彼が腰の『神へ捧げる断《プルガトリオ》罪・十字《クロシカ》』に手を伸ばしたときにはもう遅かった。

アインの腹の開いたファスナーの中へと、ベヤが自身の頭を突っ込んでいた。

アインは、ベヤにもラドラリーにも抵抗をしなかった。否、抵抗ができない様子であった。彼女は今、別の意思によって動きを制限されていた。

「う……ぁあッ……！」

腹部に痛みを覚え、呻《うめ》くアイン。ベヤの首の綿に生えた呪形《カーズドール》のパーツが、自身の体の中に流れ込んでくる。腹の中をかき混ぜられるような、嫌な感覚。痛みに耐えながらも、アインはやがて意識を手放してしまう。

刹那、重力が何十倍にも膨れ上がってしまったのかと錯覚をしてしまうほどの超常の威圧感が、室内を蹂躙《じゅうりん》する。

その圧倒的なまでの存在感に臆することなく、初めに動いたのはゲルドリオ。

一切の躊躇《ちゅうちょ》もないゲルドリオの十字鎖による刺突が、空気を貫きアインに向かう。

「……あ、あぁ～～～～～～～～～～～～～」

間延びした声を出しながら、アイン――いや、アインだった者は、顔を二センチ横に傾け、ゲルドリオの十字レイピアをなんなく躱《かわ》す。

「おい。最後のパーツ、返せよ」

冷徹に言い、ゲルドリオに向かって手招きのジェスチャーをすると。

「むッ!?」

彼の懐から左足のパーツがひとりでに飛び出し、アインの腹のファスナーの中に吸い込まれた。

「ははははッ！　揃《そろ》った揃った」

腹に挟まるベヤを放り投げ、ファスナーを閉じながら――。

――ラドラリーは、アインの体で歓笑《かんしょう》。

アインの見た目はほとんど変わっていない。彼女の人間の左目が、翡翠《ひすい》色に変じていることを除けば。

「何年……何十年ぶりだ？　人間の体で地を歩くのは」

そうして悪魔は悠々と。アウェイであるはずの教会内を、胸を張って歩いてみせた。

中央交差部に足を踏み入れる頃には、ラドラリーは四方八方を武器に囲まれていた。

ゲルドリオのレイピア。ポーラの目打ち。カロの聖水入りの小瓶。そして、戦線に復帰した、ジンの裁ちバサミ。

しかしラドラリーはそれらを意に介さず、欠伸《あくび》さえしてみせる。

悪魔は、目の前の人間たちに一切の興味を示さない。

愛憎をたっぷりと湛《たた》えた瞳でラドラリーが見据えるのは……。

「さぁ、五十年ぶりに私と話をしようよ」

古びた扉の奥で幽閉されている、一体の呪形《カーズドール》。

ラドラリーが粘ついた笑みを口元に浮かべ。

「お兄ィ〰〰〰ちゃん」

悦楽に浸り切った顔のラドラリーが、そう囁《ささや》いた。

静まり返る教会内。数秒前まで確実に妹であった「何か」にジンが目を向ける。

「どういう、ことだ？」

アインの姿でアインとは似ても似つかぬ言動をする悪魔……ラドラリーを見て、ジンは思わず武器を降ろしてしまう。

「お前、いつからアインの中にいた」

「ずっとだ」

ジンの質問に、ラドラリーは楽しそうに声を弾ませる。

「パーツを国にバラまいた後、私の本体が宿る頭部だけはお前らのことを窓から観察していた。泣き疲れ、危機感なくお前が寝こけた隙に、私はこの女の腹から侵入した。それからは、ばれないように気配と魔力を消していた。私の魔力と相性のいい墓場では、力が漏れかけたがな」

「お前がいたから、アインの体は教会に拒否反応を示したのか……」

ジンに興味を失ったラドラリーがぶっきらぼうに言う。

「おい、クソ神父。あの奥の部屋の鍵を開けろ」

急に悪魔に水を向けられたカロの息が詰まる。ラドラリーは、カロ神父が首から下げるロザリオを恨めしそうに見ていた。

「魔力で編まれたあの封印は確か、腕力じゃどうこうできないようになってんだろ？　エクソシストどもが話してるのを聞いたことがある。魔力をぶつけりゃ話は違うのかもしれないが、人形を傷つけても困るしな……。おっと」

ラドラリーは、レイピアによるゲルドリオの一突きをなんなく回避。彼による追撃をバク転で躱《かわ》しながら、悪魔は足先の蹴りでゲルドリオの顎に一撃を入れる。

仰《の》け反《ぞ》り呻《うめ》くゲルドリオに向かって舌を出し、そのまま宙で回転しながら、ラドラリーは木製の椅子に腰を落ち着ける。

椅子に座ったままニヤニヤと一行を眺めるラドラリーに向かって、ゲルドリオが二本のレイピアを構え直した。

「すまない、ジン坊。僕のミスだ。ベヤくんの支配があそこまで強まっているとは思わなかった。それに、アイン嬢の中にラドラリーの本体がいるとは考えもしなかった。さすがは上級の悪魔。力がある者は力を隠すのも上手《うま》いということか。聖水でもかけておくべきだったか？」

「いえ、俺のせいです。俺がベヤを信頼しきってしまっていた」

「ジン坊。先ほどもカロ神父に伝えたが……」

申し訳なさそうに目を伏せて大きく嘆息してから、ゲルドリオがレイピアの先で十字を切る。

「ラドラリーの呪形堕ち《カーズドーラー》となったアイン嬢は、責任を持って僕がここで殺す。パーツを全て体内に隠されたのであれば、封印は現実的ではない。やつを祓《はら》うとラドラリーの魔力が散らばる懸念はあるが、既にやつの魔力はオブリエに満ちているからそれは今更だろう」

予想はしていたことだ。だが、あのゲルドリオに事実を突きつけられてしまうと、その現実がどう足掻《あが》いても覆《くつがえ》らないものだということを無理やりに理解させられてしまう。

それでもジンは、一筋の光明を手繰り寄せようと、あがく。

たった一人の、自分の妹を救うために。

「他の人形を使うことはできないんですよね？」

「できなくはない。だが、力を取り戻したラドラリーを封印するには、他の人形を使うのではなく、やつの魔力が染みた呪形《カースドドール》でないと厳しいだろう。……それに、残念ながら今の状態のラドラリーは、アイン嬢の体を慮《おもんぱか》りながら戦える相手ではない。殺す気で戦わないと、僕でも勝てないだろう」

「ラドラリーを弱らせることができれば、封印の可能性もまだ残りますか？」

「それは、そうだが……。一体どうやって」

「――おい」

ラドラリーが、ゲルドリオの声を遮る。

瞬間、ジンの全身の毛穴から汗が吹き出した。

ジンは、教会の中だけ唐突に夏が終わってしまったのかと錯覚する。悪魔が不機嫌そうに眼《まなこ》を歪《ゆが》め、それだけで教会内の体感温度を十度は下げてしまった。

「話が長いぞ、下等種族ども」

黒ガラスの右目と翡翠《ひすい》の左目を眇《すが》め、上級の悪魔は四人に向かって眼光を飛ばす。

唐突に放たれたラドラリーの暴力的な魔力が、教会中を「魔」で浸す。

それは、不可視の圧による暴行。それは、不可避の魔による蹂躙《じゅうりん》。

ぞわりと、今までとは比にならないほどの恐怖が一息で背を駆け抜けていく。

どれだけ敬虔《けいけん》なる聖職者でも、どれだけ功名なる解体師《ブレイア》でも。悪魔や人形に対して少しも恐怖や嫌悪を抱かない者はいない。

誰もが抱く心の穴の中を。

ラドラリーの魔力が。呪いが。悪意が。憎悪が、満たす。

その結果。

上級の悪魔が放った魔力の奔流に体と心を侵された神父と解体師《ブレイア》たちは。

——それだけで、人形憑き《ドーラー》と相成った。

「……!?」

声にならない声をあげ、ゲルドリオの手から『神へ捧げる断罪の十字《ブルガトリオ・クロシカ》』が零《こぼ》れ落《お》ちる。

彼の手は、蒼炎《そうえん》を発していた。

よく見れば、ゲルドリオの両手と右足は綿に変わっていた。体が変じ、バランスを取ることができなくなったゲルドリオがその場にあえなくくずおれる。

「ゲルドリオさん！　ポーラさん！　カロさん！」

ジンが叫び、今度はポーラとカロに目をやる。ポーラは両足が布製に、カロは左足が陶器に変じ、二人ともその場に立つこともままならない状態であった。

これが、力を蓄えた上級悪魔。これが、ラドラリー。

「やけに魔力が濃い国だと思ってはいたが。ハハっ！　呪われるとその魔力の影響を受けるのは難儀だなぁ!?」

手練《てだ》れの解体師《プレイア》をひと睨《にら》みで無力化しおおせたラドラリーは、堪《こら》えきれない笑声《しょうせい》で教会を満たす。

「なんにせよ、歯ごたえがなさすぎないか!?　国中から集めた感情を食いすぎて、ちょっと強くなりすぎたか？　ハハハハッ！」

腹を抱えて身をよじりながら、悪魔は笑い続ける。

勝利の美酒に酔いしれるラドラリーであったが。

「……ッ!?」

ラドラリーは、無力化したはずの人間から放たれるドス黒い殺気を真横から感じた。

怖気《おぞけ》に全身を舐《な》められながらも、咄嗟《とっさ》にラドラリーが目を横に向ける。

するとそこには。

——口に一本の十字レイピアを咥《くわ》えたまま自分に飛び掛かる、ゲルドリオの姿があった。

ゲルドリオは、無事だった左足だけでラドラリーとの距離を詰め、『神へ捧げる断罪の十字《プルガトリオ・クロシカ》』を咥え、切りかかったのだ。

解体師《ブレイア》本部が誇る最大戦力を前に、力を蓄えたはずのラドラリーはこのとき初めて目の前の解体師《ブレイア》に向かって恐怖の念を覚え、低く叫ぶ。

「バケモンが……ッ！」

ゲルドリオとラドラリーの視線が交差。

ラドラリーが即席で魔力を練り、ゲルドリオを迎え撃つ。

ラドラリーの拳がゲルドリオの心臓に。ゲルドリオの十字レイピアがラドラリーの首に届く寸前――。

「――待ってくださいッ！」

「むッ!?」

ジンの叫びを聞き、ゲルドリオがバランスを崩す。

ゲルドリオのレイピアの切っ先は、ラドラリーの頬《ほお》を微《かす》かに燃え上がらせただけに終わり、狙いの逸《そ》れたラドラリーの攻撃も空を切る。

ゲルドリオは綿に変じた右足をもつれさせ、レッドカーペットの上を転がり躍る。もう一度立ち上がろうとするが、上手《うま》く足に力が入らない。どうやら今の跳躍に、残りの体力と魔力をほとんど注ぎ込んでしまったようだ。

「ジン坊……？」

床に伏しながら不思議そうにジンの方を眺めるが、ゲルドリオは彼の姿を見て嬉《うれ》しそうに頬を持ち上げた。

「わがままでごめんなさい……。でも俺は、やっぱりアインを死なせたくないです」

ゲルドリオの視線の先。そこには、ラドラリーの魔力に全身を侵されながらも、体のどこも人形に変じていないジンの姿があった。

ラドラリーは、片足で自分を祓《はら》いかけた男にも驚かされたが、それ以上にジンを訝《いぶか》しむ。

「確かに私は力の配分を男に六割、女に二割、神父とお前に一割ずつにした。……だが」

ラドラリーが見据えるのは、解体師《プレイア》でも神父でも人形憑《ドーラー》きでも悪魔でもない、ただの人間である、ジン。

「お前、何者だ？」

ラドラリーは、蟻《あり》を潰すことにも全力を注ぐ。

今度は先ほど以上の出力で、その上照準を全てジンに合わせ、自身の魔力を放出。

目に見えない力が、ジンの肌の上を滑っていく。しかし、ジンの心に波は立たない。まるで無風の夜の、泉の水面のごとく。ジンの心は凪《な》いでいた。

ジンは、ラドラリーの粘つくような魔力に全身を浸されながらも正気を保ち、自分の妹の姿をした悪魔の元へと平然と歩いていく。

「なん……なんだお前はッ！」

自身の魔力をものともしない人間に向かって、更にラドラリーが出力を上げる。しかし、ジンの顔色は変わらない。

　ジンの思惑に気付いたゲルドリオが、ニヤリと笑う。

「ジン坊、これを使え」

　ゲルドリオが、自身の体の傍《そば》に転がる『神へ捧げる断罪の十字《ブルガトリオ・クロシカ》』の一本を顎でさした。

「アイン嬢の体を傷つけたくはないだろう。まあ、燃えはするがな」

「ありがとうございます。……でも」

「構わない。僕は予備もあるし、一本だけでも戦える」

　頷《うなず》き、ジンは床に転がるゲルドリオの『神へ捧げる断罪の十字《ブルガトリオ・クロシカ》』を手に取る。

　ジンが十字鎖を振るい、人形憑き《ドーラー》となった三人の呪いを手早く解体。だが、教会内に充満したラドラリーの多量の魔力が穴を埋め、彼らはすぐに人形憑き《ドーラー》となってしまう。

「ゲルドリオさん。先ほどは邪魔をしてすみません。でも俺は、やっぱりアインを諦めきれない」

　悪魔からアインを取り戻すという確固たる覚悟を目に刻み、ジンが三人に背を向ける。

「アインは俺が……。俺の力で取り戻します」

　ジンは、一本の十字レイピアを手にしたまま、悪魔のような形相でラドラリーの元に向かう。

「もう一度問う、お前は何者だ？　ジン・ルイガ！」

「人間だよ」

ラドラリーは、自分の魔力を浴びても一切動じないジンを見てさすがに肝を冷やした。

「俺は、ただの人形好きの人間だ。俺が怖いのは人間だけ。人間に比べたら、呪形《カーズドール》も悪魔も、ちっとも怖くなんてない。むしろ可愛《かわい》らしい。呪形《カーズドール》だけじゃなく、悪魔もな」

だからこそ、ジンは悪魔に対して心の隙を見せることがない。ジンの心にラドラリーの呪いが入り込む余地など、どこにもない。

「侮辱するのも大概にしろ……ッ！」

再び放出されるラドラリーの濃密な魔力。

しかしジンは、臆さない。

人を越えた存在を前にしても、ジンは引かなかった。

むしろ彼は、悪魔に向かって自分から歩み寄る。

たった一人の家族のために、たった一人の妹のために。

それはラドラリーと戦うためではない。ジンは、力ではラドラリーに敵《かな》わない。

ジンの目的は。

「なあ、ラドラリー」

自分の胸に手を当て、騒がしく暴れる心臓を無理やりに抑えつける。そのままジンは、妹の顔をした悪魔をまっすぐ見つめ。

「俺と話をしよう」

　相手が悪魔であっても、関係なかった。

　ジンは、それしかできない。

　話を……それも、人間以外の存在の話を聞くことしかできない。

　ジンは、彼が今までずっとそうしてきたように。

　アインを救うため。ラドラリーを知るため。

　ジンはラドラリーに。

　――悪魔の声に、耳を傾けたのだった。


「俺は今まで、人形相手に会話をしてきた」

　ラドラリーに語り聞かせるかのように、ジンが声を出す。

「恐らく、呪形《カーズドール》じゃない普通の人形にも少量の魔力が宿っているんだと思う。俺の魔力を通じて、俺は実際に人形と意思疎通をしていた。だから皆まで言わずとも、ベヤは俺の意図を察して行動してくれることが多かった」

　ちらと横目で、寝そべるベヤを見るジン。

「……なにが言いたい？」

「俺は、人形や呪形《カーズドール》や人形憑き《ドーラー》の魔力を通じて、そいつの秘めた思いが少しわかるんだ。

俺が心を開いていない、人間相手には上手《うま》くいかないけどな。まあ、つまり……悪魔である お前の気持ちも、少しだけだが伝わってくるんだよ」

「……あぁ？」

『神へ捧げる断罪の十字《ブルガトリオ・クロシカ》』を構えたまま、ジンがラドラリーの顔を正面から見据える。

「ラドラリー。お前、家族のことでなにか悩んでるだろ？　俺で良ければ相談に乗るぞ」

「は？」

誰もが──ラドラリーすらも唖然《あぜん》とする中、口を開いたのはポーラであった。

「ジンさん……。この局面でもラドラリーの心に寄り添おうとしているんでしょうか？」

呆《あき》れたようなその声に、カーペットの上で天井を見上げながら、ゲルドリオが含み笑いをする。

「ジン坊は、対話によってラドラリーの心の闇を晴らし、彼女の力を弱体化させるつもりなのだろう。ラドラリーは、深淵《しんえん》の焔《ほむら》のような暗い感情を持っている。悪魔は暗い感情を持つ者の方が強いが、その思いがなくなれば封印も容易《たやす》いはず」

ゲルドリオは、感心したようにジンを眺めている。

「まあ、そんな真意はともかく。ジン坊は単純にラドラリーの心を晴らしたいのだろう。彼は優しい。……人間以外には特にな。ああ、今しがた命をかけて救おうとしているアイン嬢にも甘い、か」

「ジンさんらしいですね」

言いながら、ポーラがジンに助太刀《すけだち》しようと立ち上がろうとするが、布に変わった自分の足に力が入らず、上手くいかない。

「それはそうとゲルドリオさん。あなた、ジンさんに花を持たせようとしていませんか？　両手が使えなくても、あなたなら今のラドラリーでも倒せるでしょう。先ほども惜しかったですし」

ポーラは先の任務で、上級の悪魔を圧倒する、軍神が宿ったかのようなゲルドリオの姿を見ている。やる気に左右されはするが、今の状態でもゲルドリオがラドラリーに負けるとは、ポーラには思えなかった。

「アイン嬢の命を勘定に入れなければな。ただ、僕はジン坊の気持ちを優先したい。ジン坊の目的がラドラリーの封印なら、そこに僕の出番はない」

「気に入った人間にはとことん甘いですね、あなたは」

「なにか言ったか？」

「いいえ」

わざとらしく、ポーラが肩を竦《すく》める。

「カロ神父も、どうです？　ここはジン坊に任せてみるというのは」

ゲルドリオの問いに、カロは焦《じ》れったそうに腕を組む。

「悪魔を前に元解体師《ブレイァ》の私がなにもできないとは、私も耄碌《もうろく》したものだ。……まあ、悪魔を解き放った尻拭《しりぬぐ》いをジンくん自身がすることに、無論、異論はない。しかし、ジンくんは悪魔と正面から会話をしても正気を保っていられるのか？」

「フハハ！　大丈夫ですよ、カロ神父。ジン坊の心に呪いが入り込む余地はない。たとえ、夜通し悪魔と話し合ったとしてもね。それに」

ゲルドリオが嬉《うれ》しそうに、綿に変わった右手の指で自分の頭を指し示す。

「彼は元より、少々イカれておりますから」

ジンは、ラドラリーが座る椅子へと歩みを進める。

「ラドラリー。お前はなんのために、リクのお母さんを脅してまで俺たちをこの教会まで連れてきたんだ？」

ジンのその言葉に表情が動いたのは、ゲルドリオとカロ。

「ベヤに教会の絵を描かせたのも、お前の命令だな？」

少しだけ感心したように、ラドラリーが表情を柔くする。

「……続けてみろ」

「ベヤが俺を殴ったときになんとなく思い出したんだ。ポナパドルで二つのパーツを取り込んだあと、ベヤがリクのお母さんになにかを伝えていたことを」

ラドラリーは答えず、ただ不気味に唇の端を吊《つ》り上《あ》げている。

「ベヤは最初からお前の傀儡《かいらい》だった。恐らくお前は、支配力を増したベヤの体を使ってリクのお母さんを脅したんだろう。『カロ神父に呪形《カーズドール》のパーツを渡された。頭部のパーツも彼が持っている』と言え、とかなんとかな。結果、俺たちはお前のその嘘《うそ》に騙《だま》された。頭部のパーツはアインの中にあったしな。リクのお母さんは、本当はどこかでパーツを拾ったんだろう」

ラドラリーは、興味深げにジンを観察している。彼女が足を組み変えた。

「人間に興味のないお前が、よくあの母親のおかしな挙動に気が付いたな？」

「リクのお母さんというか……。ベヤを見ているからこそ、ベヤに向けられるリクのお母さんの怯《おび》えた視線に気が付いただけだ」

「お前はどこまでいっても人形か。気色の悪い」

アインの顔で蔑まれながら言われるその言葉に、ジンはあまりいい気がしなかった。

しかし、ラドラリーの興味が少しずつ自分に向いてきていることをジンは確信する。

「どちらも正解だ。クマに絵を描かせたのは、この教会に用があったから。目的地の微《かす》かな魔力を辿《たど》り、私はそれとなくお前たちを誘導した。アイン・ルイガの右目に合図を送りながらな。最後にここを訪れたのは、教会での弱体化を物ともしないほどの力を蓄える必要があったからだ」

「どうしてカロさんを陥れるような真似《まね》を？」

ラドラリーは邪悪に口を開き、白い歯を見せる。

「クソ神父を陥れたのは、ただの私怨だ。それと、お前らの注意をそらすため。お前らが争っている間にクマが持つ私のパーツを娘の中に取り込み、全ての力を回収した私がこの体を乗っ取る算段だった」

ラドラリーは、醜悪な微笑《ほほえ》みを崩さない。

「あの親子からはクソ神父の魔力を感じたからな。関わりのある人間なら疑われにくいと思い利用させてもらった。あの親子の傍《そば》にパーツがいくようにしたのも、私だ」

「……ッ」

人形憑き《ドーラー》となり、思い悩み、苦しんでいた二人の表情がジンの脳裏を駆ける。

ジンは平静を装い、ラドラリーから更なる情報を引き出そうとあがく。

ジンは、先ほどラドラリーが教会に用があったと言っていたことを思い出す。それとともにジンは、教会の奥の部屋に眠る呪形《カースドドール》を頭に思い浮かべていた。

「教会に用っていうのは……」

「これ以上、お前に話すことはなにもない」

冷たくそう断言され、ジンは口をつぐむしかない。

ラドラリーの秘めた思いは彼女の家族——兄に関するなにかであることを、ジンは彼女の魔力を通して理解していた。

だからこそ、そこに触れるためには彼女を更に知る必要がある。彼女と心の距離を近づける必要がある。

そのためには……。

ジンが、ゲルドリオから受け取った十字鎖を構え直す。

「ラドラリー。俺と戦え。俺が勝ったら、お前には俺と話をしてもらう。それから、お前にはアインの体を出ていってもらう」

ラドラリーを知るため、そしてアインを救い出すため。ジンは悪魔と相対する。

一本の十字レイピアを構えたジンに向かい、アインの顔をした悪魔は双眸《そうぼう》に悦を含める。

「やってみろ、人間ッ！」

ジンが初めに感じたのは、頬《ほお》を撫《な》でる風圧。それは、先ほどまでの魔力の流れではない。正真正銘の風であった。

次いでジンは、腹部へ走る激痛に気が付く。

一瞬にしてジンの懐に潜り込んだラドラリーが、自分の腹に蹴りを入れたのだ。

体で椅子を破壊しながら吹き飛び、体勢を立て直す間もなくラドラリーの拳の雨が注ぐ。

痛みに耐えながら闇雲にレイピアを振るい、ラドラリーを無理やり牽制《けんせい》しながら立ち上がる。

「ハハハッ！　なんだそのへっぴり腰！　お前、長い得物使い慣れてないだろう!?」

「長い得物どころか武器を持つのも喧嘩《けんか》も慣れてねぇよ！　俺はお前と話がしたいだけだって言ってるだろ！」

妹の顔をした悪魔に、ジンが怒号を飛ばす。

ジンの側頭部に、ラドラリーの左つま先が叩《たた》きこまれる。脳の揺れを感じながら、ジンはカーペットの上を転がり、その場を血に染める。

「ジンさんッ！」

ポーラが再び立ち上がろうとするが、ゲルドリオがそれを制す。

「待て、ポーラ。ジン坊にはなにか考えがあるようだ」

そう言われ、持ち上げかけていた腰をポーラが降ろし、歯ぎしりをする。

倒れ込むジンの元に辿《たど》り着《つ》いたラドラリーが、彼の腹部に足先をめり込ませる。ジンの内臓に、深い衝撃が到達。

声にならない声を上げ、口から血を吐き出しながら、ジンが床の上をのたうち回る。

「ちょっと呪いに耐性があるだけのただの人間が！　私に勝てるわけがないだろッ！」

ラドラリーの蹴りを全身にくらいながら、ジンは朦朧《もうろう》とする意識で呟《つぶや》く。

「……る。助け、る。アインは、俺が……」

ラドラリーに強く腹を蹴り上げられ、浮かび上がったジンの体が椅子の側面に叩きつけられる。

全身が痛み、視界は黒にも白にも赤にも見える。そんなジンの意識を繋《つな》ぎ止《と》めているのは、アインを救いたいという強い思いだけだ。

床に這《は》うジンは、同じくカーペットに転がるベヤと目が合った。ラドラリーのパーツを失ったベヤから伝わってくる思いは……ジンと同じ、アインを救いたいという気持ち。

その思いが本当か嘘《うそ》なのかはわからない。だが、ジンはここまで一緒に旅をしてきたベヤをもう一度信じたくなった。

「おい、早く立ち上がれよ、ジン・ルイガ」

ボロ雑巾のようなジンを、悪魔は愉快げに見下ろしている。

「やる気がないなら仲間を先に殺そうか？　それならちょっとはやる気が出るだろう」

ラドラリーに煽《あお》られるが、ジンは落ち着いている。

「でき、るのかよ……？　ラドラリー。俺如《ごと》き……を、瞬殺できない……お前が」

「殺す」

憤然と髪を逆立てたラドラリーの足が向かう先は、ジンではなく解体師《ブレイア》のいる方角。ラドラリーは床の上にいるゲルドリオではなく、壁際のポーラとカロの元に向かった。

ラドラリーが自分に背を向けた瞬間、ジンが、床で寝ているベヤに目で合図を送る。すると、一瞬にして起き上がったベヤがジンの元へと走り寄り、跳躍。

魔力を介して再びベヤと通じ合ったジンの喉に、熱が灯《とも》る。

ジンは、呪解器《ブリドーガ》の影響を受けないベヤの腹の中に『神へ捧げる断罪の十字《ブルガトリオ・クロシカ》』を突っ込み、そのままベヤをラドラリーの背に向け、渾身《こんしん》の力で放り投げた。

背後に迫る魔力を感知したラドラリーが、軽くあしらうようにベヤに命令を下す。

「クマ。お前、まだ動けたのか。仕事ができるならジン・ルイガを拘束でもしておけ」

ラドラリーに向かってまっすぐに飛ぶベヤは、その動きを止めない。

パーツを全て失いラドラリーの支配が薄れた今のベヤは、自分を大切に扱ってくれる主《ジ》人《ン》に従順な、呪形《カーズドール》と相成った。

「!? なんだ、お前……ッ!」

こちらに首を向けたラドラリーの顔面にベヤがしがみ付き、悪魔の視界を奪う。

「放……せッ!」

ラドラリーが力任せにベヤを引《ひ》き剥《は》がす。教会の壁で跳ねるベヤを横目に、ラドラリーは視界の端に映る最弱の人間の姿を見た。

上体を下げた姿勢でラドラリーの懐に潜り込んだジンが、鷹《たか》のように鋭い眼光と十字レイピアの切っ先をラドラリーの右腕に向ける。

ラドラリーの目に聖なる十字架が映り込み、閃《ひらめ》いた。

「クソッ……!」

――刺突。

『神へ捧げる断罪の十字《ブルガトリオ・クロシカ》』がラドラリーを浄化し、彼女の人形の右腕が蒼炎《そうえん》に包まれる。

「ジン・ルイガァ……ッ！」

自身の断末魔の叫びと聖なる焔《ほむら》に体を包まれながら、ラドラリーはレイピアを引き抜こうと、左手で十字鎖を掴《つか》もうとする。その瞬間、ジンは『神へ捧げる断罪の十字《ブルガトリオ・クロシカ》』を鎖状に戻し、ラドラリーの――アインの体の人形部分に巻き付ける。

「くそ、こんな……ものッ！」

ジンは、浄化されて徐々に力を弱めるラドラリーを壁際へと押し込んでいく。

体を燃やされ続けるラドラリーは、時折がくりとこうべを垂《た》れ、すぐに顔をあげる。その度、ラドラリーの奥にいるアインの魔力の揺らぎを、ジンは確かに感じていた。

「私と戦って……どうするつもり、だ？　人間……ッ！」

憎悪に染まるラドラリーの相貌を、ジンは正面から覗《のぞ》き込《こ》む。

「戦いたいんじゃない。俺はお前の話を聞きたいんだよ、ラドラリー。それは勿論《もちろん》、アインを救うためでもあるけどな。というか、それが本心だ」

「自分の妹の体を燃やしておいて、よく言えるな！」

炎に顔を舐《な》められながらも、ラドラリーが陰気な笑いを溢《こぼ》す。

「アインが痛くないよう、人形部分だけ燃やしてるよ」

「くそッ！　クソクソクソっ！　やめろやめろやめろ！　出てくるなッ！」

ラドラリーは髪を振り乱し、苦しそうにうめく。

「アイン！　俺の声が聞こえるか!?」

「うるさいうるさいうるさい！　黙れッ！」

アインに声をかけ続けるジンと、その声を掻《か》き消《け》すように叫び続けるラドラリー。

膠着《こうちゃく》状態がしばらく続き、やがて――。

「……ん……？」

棘《とげ》のない声でそう囁《ささや》き、瞬《まばた》きのあとに開かれたラドラリーの左目に、アインの碧眼《へきがん》の輝きが覗《のぞ》いた。

「アインか!?　戻ってこい！」

しかし、彼女の左目はすぐにラドラリーの瞳の翡翠《ひすい》色に戻ってしまう。

「……ッ！　うる、さい！　くるな、出てくるな！」

暴れるラドラリーを見て、ジンは確実にダメージを与えられていることを確信する。ジンは、悪魔の奥にいるアインに語り掛ける。

「アイン！　意識があるか!?　体は大丈夫か!?　戻ってこい！」

「ゥ、ぐッ。炎、で……妹の意識を呼び起こすつもりか？　聞こえ、ねぇよ」

言いながらもラドラリーは、気が付いている。ジンの攻撃が自身に効いていることに。

このままでは、アインに体の主導権を奪われてしまうかもしれないということに。

アインが目覚める前に、悪魔は自身の全力を以《もっ》て目の前の羽虫を惨殺することを決意する。

「お前、には……私の全てをぶつける。お前ごと、この空間を消し潰す」

決意に歪《ゆが》んだ眼《まなこ》で、ラドラリーは自身の魔力を放出。

禍々《まがまが》しい力が泥のように地を這《は》い、進み、教会の神聖さを殺していく。

ラドラリーが舌を出し、厳かに声を発する。

「──魔力解放。ゲヘナ開門。超常移送。悪辣還元。廃頽《はいたい》形成。盟約実行」

蒼炎《そうえん》に包まれながらも、ラドラリーは詠唱をやめない。

「ッ!?　これは……！」

呪解器《ブリドーガ》に体を焼かれながら、尚《なお》も増大していくラドラリーの魔力を感じ取り、そそけ立ったゲルドリオが舌打ちをする。

「クソッ！　今のラドラリーなら教会内でもおかまいなしというのか！」

ゲルドリオがよろめきながらも立ち上がり、がなる。

「『悪秘体現《アルス・マグナ》』だ！　全員、今すぐこの場を離れろッ！」

ゲルドリオの怒号に、ポーラとカロが身構える。

──『悪秘体現《アルス・マグナ》』。

上級以上の悪魔だけに許された奥義。

自身の魔力を糸のように異界へと伸ばし、魔界と現世の境界を朧《おぼろ》に霞《かす》ませ、秘術をこの世に顕現させる。自身の魔力の大半を消費するが、それを使われた後に立っていられる人間はいない。

ラドラリーは、この状況においても逃げようとしない男の顔を、翡翠《ひすい》の左目で睨《にら》み射る。

蒼炎《そうえん》に焼かれながら、ラドラリーはたった一人の人間を屠《ほふ》るために自身の最大火力を現世に顕現させる。

「――我は、非力なる子羊の三本の小指を与える。寥寥冥冥《りょうりょうめいめい》の墓前に並べたるは、泡沫《うたかた》の調べ――」

ラドラリーが詠唱をやめ、静かにこう告げる。

「顕現せよ、『悪秘体現《アルス・マグナ》』」

瞬間。教会内に闇の紗幕《しゃまく》が降りる。

次いで、ジンが聞いたのは骨の鳴るような音。

暗闇の中。雨で色が付いていく石畳のように、ぽつりぽつりと白が生まれ落ち始める。

それは紛《まぎ》れもなく、骨だった。

天井、壁、床、中空。

莫大《ばくだい》なる魔力とともに。ありとあらゆる場所から、大小様々、種々多様な骨たちが現れ出《い》でる。

人間の骨、動物の骨、見たことのない形――悪魔の骨まで。

骸《むくろ》の軍勢を従えたラドラリーが、一種異様な笑みでこう溢《こぼ》す。

「『蜿蜒怪々死屍累々《トリエルド・エストラーデ》』」

これが、ラドラリーの『悪秘体現《アルス・マグナ》』。

彼女の魔力は死霊に通ず。ラドラリーのホームグラウンドは本来、死が集う墓場であり、この『悪秘体現《アルス・マグナ》』はどこであろうと発動場所を死の色で埋め尽くす。

ラドラリーが背負うは――。奇怪千万、奇々怪々。全てを圧する死の軍団の威容。

彼女が生み出した骨の軍隊の矛先は全て、ただの人間であるジンに向いている。

圧倒的なまでの物量差。圧倒的なまでの戦力差。

それを、たった一人で生み出したラドラリーが口を開ける。

「骨は、死の象徴。ここにいるのは、概念の死であり、概念の骨だ。だから、本来は骨のない物、命のない者、また、存在自体があやふやなものの骨もある。お前の好きな人形の骨は、綿やガラクタでできているのかもなぁ？」

ラドラリーはジンにショックを与えたかったようだが、ジンの表情は変わらない。

「ベヤに骨があったなら、やっぱり綿でできているのかな。骨までかわいいんだろうな、人形は」

ジンの呪いへの耐性ゆえか、彼はこの状況でも正気を保っていた。

「……あぁ？　お前、今の状況わかってんのか？　冗談言ってる場合か？」

ラドラリーが命令さえすれば、ジンは一瞬で骨の軍隊に押し潰されてしまうだろう。

ゲルドリオも、ポーラも、カロも。誰もがその超常的な光景に圧倒される中。ジンは、
自身の命をそっちのけで妹に話しかける。

「なぁ、聞こえるか」

ひしめく骨の音を聞きながら。

ラドラリーを包む炎に自身も包まれながら。

平和という言葉が切り取られたこの空間で。

ジンは、今までずっと頼りにしてきた人物に向かって。

たった一人の家族に向かって。

語りかける。語り続ける。

「なあ、そろそろ目覚めろよ、アイン」

その言葉のあとに、微《かす》かな魔力の揺らぎがあった。

「アイン……？」

ジンは、ラドラリーの中でなにかが蠢《うごめ》いたことを知覚した。

その魔力と意思は、薪《まき》を与えられた炎のように徐々に大きくなっていく。

「殺せ」

ラドラリーの翡翠《ひすい》の瞳が閃《ひらめ》く。

一人の人間を消すため。

たったそれだけのために。

悪魔が、死の号令をかける。

命《めい》を受け、死の軍勢がジンを圧殺《あっさつ》せんとその威容を動かした。

その瞬間――。


「――嘘《うそ》！　嘘嘘嘘！　今の嘘！　骨の皆さん、撤収してくださ――――いッ！」

緊張感のない声が、ジンの目の前のラドラリーの口から飛び出した。

ジンが呆然《ぼうぜん》としたのも束《つか》の間《ま》。

途端、今までの現象がまるで嘘であったかのように。

闇も骨も全てが塵《ちり》のように、一瞬にして霧散する。

しかし、超常の現象が消え去ってしまったことはジンにとっては二の次であった。

「アインっ！」

「ぐぇっ!?」

ジンに抱きしめられ、アインがうめき声を上げる。彼女の左目は、翡翠から元の青色へと戻っていた。

「あ、すまん……」

我に返りアインから離れるジンであったが、彼の目の周りは赤い。

「戻って、こられたんだな」

今ジンの目の前にいる彼女が浮かべる笑顔は、先ほどまでの邪悪なそれではない。ジンの見慣れた、アインの笑顔であった。

「うん。兄さんが私を焼き続けてくれたから。体、めっちゃ熱いけど……」

「それは……すまん」

熱気により咳《せ》き込《こ》むアイン。だが、自分のために大量の生傷を作りながら戦い続けた兄の姿を見て、アインは涙が溢《あふ》れそうになった。

「どうしてお前が、ラドラリーの『悪秘体現《アルス・マグナ》』を止められたんだ？」

「さぁ？」

あっけらかんとしてアインが首を横に傾ける。

「体と魔力をラドラリーと共有しているからかな。だから、あの骨たちは私の命令に逆らえなかったんだよ。とり憑《つ》いた人間が意識を取り戻すことなんて普通ないから、ラドラリーもびっくりしてるんじゃない？」

アインが、白い歯を溢《こぼ》す。

「そうか。でも、お前のおかげで助かった。ありがとう」

「兄さんが頑張ってラドラリーを焼いたからだよ。でも、この状況は長くは続かないと思う。一時的にラドラリーから主導権を取り戻せたのは奇跡に近いよ。彼女はまた、すぐに戻ってくると思う」

ジンは、アインの奥に眠るラドラリーに思いを馳《は》せる。

「今の内にラドラリーを封印……はしないよね？　兄さん。絶好のチャンスだけど」

アインに思いを読まれ、ジンが頬《ほお》を掻《か》く。

「ああ。それは目的を果たしたあとだ。そのあとに必ず、お前の中からラドラリーを追い出す。だから、俺を信じて待っていてくれ」

「当ったり前じゃん！」

ジンに向かい、花束のような笑みを浮かべながらピースサインを作るアイン。

その数秒後、彼女はがくりと項垂《うなだ》れる。

――刹那の沈黙の後。

「ッ!?　嘘《うそ》、だろ？　教会での発動とはいえ、私の『悪秘体現《アルス・マグナ》』がこんな兄妹に……？」

頭を抱えながら顔を上げた彼女の左目は、再び翡翠《ひすい》の輝きを内包していた。

「クソ！　兄ちゃんはすぐそこなのに、私は、私は……ッ。こんなところで……！」

アインの横槍《よこやり》により、『悪秘体現《アルス・マグナ》』が失敗に終わったラドラリー。彼女は大量の魔力を消費し、憔悴《しょうすい》し切っている。

「ジン・ルイガ」

悪魔は、化け物でも見るかのような目で、ただの人間であるはずのジンを見上げる。

「お前、一体なにがしたいんだ？　目的を果たすとはなんだ。なにが目的なんだ……？

私から妹を取り戻すことじゃないのか？　今なら私の封印も容易《たやす》いだろう。なのに、なぜしない？　私を！　悪魔をッ！　侮辱しているのかッ!?」

「だから、ずっと言ってるだろ」

全身ボロボロのジンが大儀そうに後頭部を撫《な》で、『神へ捧げる断罪の十字《ブルガトリオ・クロシカ》』による拘束を解いた。

「俺は、お前と話がしたいだけだって」

ラドラリーはようやっと理解する。

目の前の男は救いようのない馬鹿で、救いようのないお人好《ひとよ》しで、救いようのない変人で。この人間の全てを理解することは不可能だということを、理解する。

「もう喧嘩《けんか》はいいだろう。そろそろ、俺と話をしてもらう。したくないと言っても、無理やりしてもらうぞ。脅すのは……慣れてないんだけどな」

ジンが『神へ捧げる断罪の十字《ブルガトリオ・クロシカ》』を構え直すと、ラドラリーは舌打ちをしながらも、不承不承という風に頷《うなず》いた。

逃げ出すことなく様子を見守っていたゲルドリオ、ポーラ、カロの三人から同時に安堵《あんど》の息が漏れる。そんな三人に、ジンは申し訳なさそうに会釈を送った。

「どうしてそこまで私を気に掛ける」

ぶっきらぼうにラドラリーがそう溢《こぼ》す。

「俺は魔力を通じて、人間以外ならなんとなく相手の気持ちがわかるんだ。お前はずっと怒り……いや。それ以上に、悲しんでいる」

その言葉に、ラドラリーが弾《はじ》かれたように顔を上げる。

「ラドラリー。お前の目的は、あの部屋の呪形《カーズドール》に会うことなんだな？　あいつの中の悪魔は、お前の兄なのか？」

アインの体を乗っ取ってすぐのラドラリーが奥の部屋を見据え、「お兄ちゃん」と言っていたことを、ジンは思い出していた。

「そうだ。あいつは私の……。大好きで大嫌いな、最低最高のお兄ちゃんだ」

ラドラリーは、兄の魔力を辿《たど》ってここまできた。そして、あの部屋に入った瞬間、あの呪形《カーズドール》の中に兄がいると確信し、ラドラリーはアインの体を使って呪形《カーズドール》に近づこうとした。

ラドラリーは、怒りとともに言葉を吐き出していく。

「五十年前。私とお兄ちゃんは、そこのクソ神父の血縁とその仲間に封印された。忘れねぇよ。お前のそのロザリオから、あのクソエクソシストの魔力がぷんぷん臭いやがる」

ラドラリーが突き出した指の先は、カロの方を向いていた。

憎悪のこもったラドラリーの瞳を見返すことなく、カロが言う。

「……ああ、私の父は優秀なエクソシストだった。悪魔を封じた呪形《カーズドール》の幾つかは、各地の教会へと分散された。その中の一つがあの呪形《カーズドール》で、それがたまたまラドラリーの兄だったのだろう。父が封印した悪魔の数は、百はくだらなかったはず。ここだけでなく様々な場所の教会に点在しているはずさ。そしてこのロザリオは、確かに父から渡された物だ。元は、父の友人の形見だったらしい」

緊張からか、カロはしきりにロザリオに指で触れている。

「呪形《カーズドール》を神聖な場所で保管するというのは、後々決められたことだ。だから中には、野ざらしにされている呪形《カーズドール》もまだあるはず。恐らく、ラドラリーもそうだったのだろう」

カロはそこで言葉を切った。

ジンは、ラドラリーに質問を重ねていく。

「お前の目的は、兄貴の解放か？」

「そうだ。二重の封印で力を抑えられていた私は、アイン・ルイガにとり憑《つ》くだけの魔力さえも有していなかった。だから、国中から力を集めてからこの女にとり憑く必要があった。人間の体がないと封印を解くことができないからな。ただ、兄ちゃんの解放も目的の一つだが、その前に私は……」

そこで、ラドラリーは数秒だけジンを見た。

今このときばかりは、ジンはアインではなく、その奥に潜むラドラリーを見つめ、対話をしていた。

幾千もの複雑な感情が混ざり込んだ表情で、悪魔は心情を吐露する。

「兄ちゃんと話がしたい。兄ちゃんに、訊《き》きたいことがあるんだ」

――「話がしたい」。

その気持ちは、ジンの根源的な感情でもあった。

「お前は、兄貴になにを訊きたいんだ？」

ジンの質問にラドラリーはすぐには答えなかった。言いたくなかったのか、言葉を選んでいるのか、どうしてこんな話を人間相手にしなくてはいけないのだと、今更ながら我に返ったのか。

しかし、十秒も経《た》つ頃には、ラドラリーは俯《うつむ》きながらも口を開いた。

「エクソシストに襲われた日。兄ちゃんは、怪我《けが》をした私を置いて逃げ出した」

○

白霧《はくぶ》に紛《まぎ》れるようにして、十字架と平板状の墓石が草地に林立している。

早朝の墓場に、ラドラリーと、その兄ルバムはいた。

二人とも、身を隠すためか外套《がいとう》をまとっている。

運悪く街中でエクソシストの集団に遭遇した二人は、なんとかこの墓場へ逃げこんだのだ。

ルバムは軽い身のこなしで小さく跳ね、墓石の上へと飛び乗った。手で作った廂《ひさし》を目の上で構え、遠方を注意深く観察。

すぐに兄が顔をしかめ、墓石から飛び降りた。

「なにかいたの？」

ラドラリーのその問いに、ルバムがぎこちない笑みを作る。

「いや、大丈夫だ。お前は気にしなくていい。だが、そろそろここは離れた方がいい」

二人の間には言い知れぬ緊張感が漂っている。

「でも、私の魔力と相性がいいここなら、たぶん私は負けないよ」

「お前はそうやって、いつも油断して足元すくわれるだろ。いくぞ」

二つの黒い影がその場を離れようとしたその瞬間。

霧の奥に、異様な姿をした人間が現れた。

彼は細長い全身をカソックで包んでいた。首から下げたロザリオが胸の辺りで揺れ、光を纏《まと》っている。ひょろ長く血管の浮き出た右手には鈍器にもなりえそうなほどの大きさの十字架を持ち、左手にはアンティークドールを携えている。

兄の目線は、不気味な人形に注がれる。あれによって仲間が封じられ、そのあとに人形の見目に仲間の特徴が現れたことを、兄は知っていた。

「アレは危険だ！　逃げ――」

ルバムが叫んだときにはもう遅い。

男が既に繰り出していた十字架が、ラドラリーの腹にめり込んでいた。それでも男の追撃は止《や》まず、今度は横薙《よこな》ぎに十字架を振るい、ラドラリーの頭に生えた角が千切れ飛ぶ。

舞い上がる鮮血を目の端に、ルバムが絶叫しながら男の喉を爪で貫いた。

その一撃により、男――エクソシストはすぐにこと切れる。

「ラド！　大丈夫か……!?」

現世では人間に憑《つ》いて行動をする悪魔は、その期間が長くなるほど人間の体に変化が生じ、見た目が悪魔に近づいていく。今のラドラリーとルバムの頭にはそれぞれ角が一本ずつ生え目立つため、二人は次の依《よ》り代《しろ》となる体を探している最中であった。

「角をやられただけだから大丈夫。不意打ちだったから、ちょっとびっくりしちゃった」

ルバムは、折れたラドラリーの角を強く握り込んで遠方を見つめる。その瞳に決意を宿し、彼はなんの予備動作もなく自分の角を手折ってしまう。

「お兄ちゃん!?」

「これを、俺だと思って持っておけ」

「え……？」

差し出された血で濡《ぬ》れたルバムの角に、ラドラリーは当惑するしかない。

「俺は、周りに他のエクソシストがいないか見にいってくる。ラドはここで隠れておけ。ここなら、お前はいつも以上に力を発揮できる。大丈夫、終わればすぐに戻るから」

「やだよ！　私もお兄ちゃんと……」

「ラドっ！」

しゃがれたルバムの怒鳴り声。兄が声を荒らげた姿を初めて見たラドラリーは、体をびくつかせて黙ってしまう。

「……頼む」

それは、悪魔でも凍り付いてしまうような冷酷な目。ラドラリーはなにも言い返すことができない。ラドラリーが涙目のまま頷《うなず》くと。

「絶対に死ぬなよ、ラド」

微笑《ほほえ》んだルバムが、ラドラリーの頭に優しく手を置く。彼はすぐに顔を引き締め、妹に背を向ける。

「お兄ちゃん！」

ルバムは全速力で駆け、墓場を横断。一瞬でラドラリーの視界から消え去ってしまう。

墓場に一人取り残されたラドラリーは、兄に渡された角を強く強く右手で握りしめた。手から、血が溢《あふ》れ出《だ》してしまうほどに。

涙に滲《にじ》む視界で、敵はいないだろうかと探していると。

ヂャラリ。

墓場には不釣り合いな、金属の擦《こす》れるような音がラドラリーの頰《ほお》で跳ねる。

音がした方に顔を向けると。

「逝《い》ってしまったか、ローアス」

エクソシストの死体の上に覆いかぶさるようにして、カソックを着た男が立っている。

それは、頰のこけた骨のような不気味な男。

今の今まで、ラドラリーはその新手のエクソシストの存在に気が付かなかった。先ほどのエクソシストよりも数段、存在感を消すのが上手《うま》いのだろう。

「お前の魂の火は、私の胸に灯《とも》し続けよう」

死体が身に着けていたロザリオを外し、自分の首に下げた。

彼の右手には、十字架の四辺を研いで鋭くした不気味な武器が握られていた。それが墓石に触れ、音が鳴ったのであろう。

墓場を揺蕩《たゆた》いながら、エクソシストがラドラリーに近づいていく。

「ん？　先刻まで別の悪魔の気配があったが……まさかお前、置いていかれたか。哀れだなぁ……！」

「は……？」

目の前が暗くなり、ラドラリーの鼓動が速度を増していく。

エクソシストに言われ、ラドラリーは思い出す。兄が墓石の上に立ち、顔をしかめていたことを。

もしや兄は、このエクソシストの存在に気が付き自分を置いて逃げたのではないか？

「嘘《うそ》……、兄ちゃん……。嘘だ……」

エクソシストから漂う濃厚な死の気配を感じながら、ラドラリーは構えることすらせずに、ただ茫然《ぼうぜん》とその場に突っ立っていた。

兄に絶望し、気力を失ったラドラリーはエクソシストに抵抗することができない。

ラドラリーの網膜に最期《さいご》に刻まれたのは、十字架を振りかぶるエクソシストの姿。

体を焼かれ、人形に封印されるその瞬間まで。

黒い焔《ほむら》のような彼女の怒りは、エクソシストではなく兄に対して向けられていた。

体も心も憎悪に呑《の》まれながら、それでもラドラリーは兄のことを忘れることがないように、強く、深く、兄の角を右手に刺しこんだのだ。

○

「私は兄ちゃんを恨んでる。私を囮《おとり》にして一人逃げおおせた兄ちゃんを。私があいつを解放したいのは、助けたいからじゃない。……問いただすためだ」

そこまで言ってラドラリーは、はたと気が付く。自分の身の上を、自身の心の柔らかな部分を。なんの取り柄も持たぬただの人間相手につらつら吐き出してしまったことに。

「兄が……」

教会内に、怒気を含んだジンの声が落とされる。

「兄が、妹を置いて逃げるはずがないだろ……ッ！」

「人間が知ったような口を利くなッ！」

ラドラリーがジンの襟首を掴《つか》み、自分の顔に引き寄せる。

「兄ちゃんは……お前とは違う。違うんだよ！」

震えながら、言葉を漏らすラドラリー。

「私の兄ちゃんは、お前みたいに妹思いじゃない。兄ちゃんは、エクソシストから逃げた！　私を置いて！　妹のために悪魔に立ち向かえるお前とは違うんだよッ！」

「ラドラリー……」

「兄ちゃんは、お前らとは違う。私は、ずっとお前らを、妬ましく……」

子どものように泣きじゃくるラドラリーに、ジンは小さい頃のアインの面影を見た。

ジンは思わずその涙を拭《ぬぐ》おうと手を伸ばし――。

「やめろッ！」

我に返ったラドラリーがジンを突き飛ばす。椅子のひじ掛けに背中を強打し、ジンが呻《うめ》く。痛みに耐えながら顔を上げると。

「もう……いい。早く私を封印しろ」

不意に、ラドラリーが項垂《うなだ》れる。

「私のことは全て話した。もういいだろう。兄ちゃんとも、もう話さなくていい。兄ちゃんだって、私なんかと話したくないだろ……」

「それは……話してみないとわからないんじゃないか？」

ラドラリーが、落《お》ち窪《くぼ》んだ目でジンを見つめる。

目の前の人間は、恐れることも忌避することもなく真剣な眼差《まなざ》しを自分に向けている。

そんな視線を向ける人間は、二百年以上を生きてきたラドラリーでも見たことがない。

「……そんなことをよく言えたものだな。お前はもう少しだけ近場の人間に興味を向けてやれ」

「え？」

妹のことを推し量ることのできないジンの姿に、ラドラリーはルバムの姿を幻視する。

「大変だな、お前も」

その言葉は、ジンには向けられていなかった。

彼女は少しだけ口元に笑みを刻み、ジンに挑戦的な視線を投げる。

「ジン・ルイガ。気が変わった。お前とお前の妹に免じ、私は今から兄ちゃんに話を聞きにいってやる。ただし、お前もこい。お前は人形や悪魔の気持ちがわかるんだろ。爪の先ほどは役に立つはずだ」

自分を苦しめたこの兄妹と、ラドラリーは張り合いたくなってしまった。

檻《おり》を隔て、ジンとラドラリーの目の前に、雪片のような真白のドレスを着た呪形《カーズドール》が鎮座している。その人形は鳥籠の中に囚《とら》われ、腹に開いた小さな穴がこちらを向いている。

ゲルドリオは、ジンがラドラリーと密室で二人きりになることに反対しなかった。彼はジンを信頼しているし、そんなジンに心を開きかけているラドラリーを信じてみたくなったのだろう。

実際、部屋に入ってもラドラリーはジンをどうこうしようとは思っていないようだった。

彼女が見据えるのは、ラドラリーにとってのたった一人の兄、ルバムだけだ。

「兄ちゃん……」

彼女の瞳に閉じ込められた白の呪形《カーズドール》が、涙の波に歪《ゆが》む。

鉄格子を手で掴《つか》み、ラドラリーは兄を見る。人形の奥に封じられた、たった一人の家族を。

「あのとき、どうして私を置いていったんだ？　なあ、どうして私も連れていってくれなかったんだよ。私を……囮《おとり》にしたのか」

ルバムは答えない。

「あのあと私は、いつの間にか近くにいた新手のエクソシストにやられた。兄ちゃんは、そいつの存在に気が付いていたんじゃないのか？」

呪形《カースドドール》は答えない。彼はまるでただの人形かのように、檻《おり》の中で大人しく坐《ざ》している。

「起きてんだろ？　答えろよ！」

鉄格子を握ったままラドラリーの体がずるずると下がり、彼女はその場に座り込む。

「なにか言えよ……。なにか言えよ、クソ兄貴！」

ラドラリーの怒声が、狭く無機質な部屋の壁に反響し、浸透していく。

数秒の沈黙の後。

ぴくりと。

呪形《カースドドール》の指先が微《かす》かに動いた。

ジンとラドラリーの注目を浴びながら、ルバムは。

「俺に……お前と話す資格はない」

檻の中に、低い声が産み落とされた。

ラドラリーだけでなく、ジンの息も詰まる。

ルバムの言葉がジンの胸をさしたのは、図らずもリクの母も似たようなことを言ってい
たから。そして、ジンもアインに対して似たような気持ちを抱いているからだ。

自分は、アインと話さない方がいいと。

「話す資格がないだって？」

顔を俯《うつむ》けているジンには目もくれず、ラドラリーが言う。

「ってことは、やっぱり！　あのとき、私を置いて逃げたのか！　そうなんだろッ!?」

ラドラリーは鉄格子を、何度も何度も拳で叩《たた》いた。

「……」

「なんとかッ、なんとか言えよ！　少しは言い返せよ！　私は、兄ちゃんのせいで封印さ
れたんだぞ!?」

純白の呪形《カーズドール》はただ下を向き、妹の言葉を受け止め続けている。

「どうなんだよ！　話せよ！　話さないとわからないだろッ!?」

兄の返答がなくとも、ラドラリーは自分の気持ちの全てをルバムにぶつける。

次第にラドラリーの声は枯れ、彼女は鉄格子から手を離して力なく項垂《うなだ》れた。

か細い声とともに、落涙するラドラリー。

「私は別に、そこから兄ちゃんを解放したかったわけじゃない。また一緒に同じ時間を過

ごしたかったわけでもない。エクソシストたちのことは呪ってるけど、別に人間を不幸にして喜んでいたわけじゃない。私はただ……」

ラドラリーが紡ぐ言葉を、二人の兄はただ黙って聞いている。

「私は、兄ちゃんと話がしたかっただけだ。もう一度兄ちゃんと話して……。嘘《うそ》でもいいから……私を置いて逃げるわけないって、そう言ってほしかったんだ……！」

ラドラリーの気持ちと言葉を受けても、ルバムは口を開かない。

部屋の中に、ラドラリーの泣く声だけが響くようになる。

そんな折、ジンはあることに気が付く。

ルバムの腹の辺り、そこには傷のような小さな穴が空いている。更に注視すると、その穴の奥には……。

瞼《まぶた》を上下させながら、その黒い窪《くぼ》みを観察するジン。

とある仮説がジンの頭に浮かび上がる。ジンはその仮説を信じた。否、信じたかった。

この二人がどれほどの人間を不幸にしたのかジンは知らない。しかし、わがままではあるのだろうが、ジンはこの悪魔の兄妹の結末は優しいものであってほしかった。

ジンが、ルバムから漂う魔力を介して彼の気持ちを読み取ろうとする。

彼の心の壁の先。そこからかろうじて読み取れたのは、確かな贖罪《しょくざい》の気持ち。

「ルバムさん。その腹の穴の中に刺さってる物、見せてもらえませんか」

「おい」

無言を貫くルバムの代わりに、ラドラリーが泣き腫らした顔で鼻をすすりながら半眼をジンにぶつける。

「お前、兄ちゃんになにさせようとしてんだよ。兄ちゃん、こんなイカれ人形趣味《ドールマニア》の言うことなんて聞くな」

腹の中の物を見せようとしないルバムのその反応に、ジンは自分の憶測が正しいという確信を得る。

あとは、ルバムの口からラドラリーに真実を伝えることができればいいと、決意をこめた瞳でジンは真白の呪形《カーズドール》と向き合う。

「ルバムさん。彼女に真実を話してあげてください。あなたの妹はそれを望んでいます。そのためだけに、彼女は全てを呪ってここまできました」

隣のラドラリーに睨《にら》まれながらも、ジンは最後までそう言い切った。

重い沈黙が部屋を支配する。

あまりにも分厚いルバムの心の壁に、さすがのジンも諦めかけてしまう。

だが、まっすぐなジンの目と心に応じるかのように、ルバムは堅く閉ざされた口を——。

「……ラド」

ラドラリーのために、開いたのであった。

「最初は二人で逃げるつもりだったが、ラドを的確に攻撃した男を見て考えが変わった。もしもほかのやつらも同程度の実力を持っていたら、逃げるのは難しいと悟ったんだ」

「ほかのやつら？　どういう、ことだよ……」

眉を曲げるラドラリー。ルバムは言葉を選びながら言う。

「五十年前のあの日。俺は、撒《ま》いたはずのエクソシストの集団が再び近づいていることに気が付いたんだ」

ラドラリーは、ルバムが墓石の上で遠方を見つめてなにかを見つけたような素振りをしていたことを思い出す。

「あれは……私を封じたエクソシストを見つけたんじゃ」

「その存在には気が付かなかった。恐らく、気配を消すのが相当上手《うま》いエクソシストだったんだろう」

俯《うつむ》きながらもルバムは声を紡ぐ。

「あの人数との戦いにお前を巻き込みたくなかった俺は、玉砕覚悟で単身殲滅《せんめつ》に向かった。何人かは屠《ほふ》ったが手練《てだ》れが多く、俺は封印されてしまった。でも、それで良かった。お前がどこかに身を隠すか、逃げる時間を稼ぐことができれば」

「……そん、なの……。嘘《うそ》、だ」

そう言いながらもラドラリーは、墓場に逃げ込む前に街でエクソシストの集団と遭遇したことを確かに覚えている。

「違う、違うッ！　兄ちゃんは、私を置いて……」

「すまなかった」

不器用に、悪魔の兄は悪魔の妹に頭を下げる。

「本当にすまない。俺があの墓場に残っていれば、結末は違っていたかもしれない」

「それならッ！　どうして黙ってた!?　すぐに私の言葉を否定すればよかっただろ！　どうして話す資格がないなんて……」

「すまない」

ルバムは、ただ謝罪を繰り返す。無感情に思えてしまうが、不器用な彼はこれでも、心をこめて言っているつもりなのだろう。

「エクソシストの集団と戦っているときに、墓場にあったお前の魔力が消えた感覚があった。お前がやられたのは、判断を間違えた俺のせいだ。そこに、返す言葉があるはずもないだろう」

ラドラリーの頭に、兄に向かってぶつけた言葉がリフレインされる。

――自分は、兄のせいで封印された。

事実はどうあれ、ルバムは本当に、ラドラリーは自分のせいで封印されたと思っていた。

そう思っていたからこそ、ラドラリーに言い返すことができなかった。

「なん、だよ……。なんだよそれッ！」

鈍い音が部屋に響く。ラドラリーが、鉄格子を蹴り上げたのだ。

「でも、でもッ！　そんなの！　兄ちゃんが私を思っていたことの証拠にはならない！

私をなだめるために、嘘《うそ》ついてんだろッ！」

怒りと悲しみを混ぜこんだラドラリーの視線を受け止めながらも、ルバムは言い返さない。心中の言葉を、形にすることができない。

膠着《こうちゃく》する時間の中、二人の悪魔に助け船を出すのは――。

「ルバムさん」

ただの人間であり、ただの兄である、ジンであった。

ジンにはラドラリーの気持ちもルバムの気持ちも、痛いほどに理解ができる。

分かり合いたいと思っていても、ジンもいつも、妹とすれ違ってしまうから。

「やっぱり、その腹の中の物、ラドラリーに見せてあげてください」

ルバムは、俯《うつむ》けていた目をジンの方に向けた。

およそ呪形《カーズドール》に向けるものではない少年の温かな目に、ルバムの心は揺れ動く。

ルバムはここで初めて口角を緩めてみせた。彼は、厳かな動作で腹の中に手を突っ込む。

彼がそこから取り出した物は……。

「私の、角？」

ラドラリーの目に、驚愕《きょうがく》の色が浮かぶ。

ルバムが持つその角は、ラドラリーの呪形《カースドール》の右手に刺さっていた物によく似ていた。

「ラド。この角は、お前を思って腹に刺したんだ」

「え……」

愛《いと》おしそうに、慈しむように。ルバムは右手に持ったラドラリーの角を眺める。

「もし俺が封印されても、お前のことを忘れることがないよう、この角を腹に刺した。角をお前だと思ってな。封印された後も、俺の一部になればいいと思ったんだ。俺たちが封じられるあの人形には、俺たちの姿が反映されることがあると知っていたから」

声にならない声が、ラドラリーの口の端から漏れる。

くしくも兄は自分と同じ思いで。自分と同じ気持ちで。自分と同じ行動を取っていた。

血が滲《にじ》むほどに、兄の角を握り締めていたラドラリー。

自分の腹の中に、大切に妹の角を刺し込んだルバム。

その行動はどちらもお互いを思っての行動で。二人の思いと呪いがこもったその角は、封印後に呪形《カースドール》の特徴として現れた。

「なん、だよ、それ……」

喉の奥に、熱と痛みが鈍く灯《とも》る。そして、その痛みを掻《か》き消《け》すほどの喜びが、胸の奥から湧き上がる。

兄の顔が見えなくても、ラドラリーにはわかる。

お互いに心を開き切った今、人形越しでも、彼に関する情報がなんの障害もなく頭に入ってくる。

呪形《カーズドール》の目を見れば。呪形《カーズドール》の魔力を感じれば。呪形《カーズドール》の優しい声を聞けば。

「お、兄……」

兄が嘘《うそ》をついていないことくらい、妹にわからないはずがない。

「お兄ちゃんッ!」

ラドラリーは、鉄格子にすがって泣いた。泣き続けた。

声も涙も精根も全て。全てが枯れ果て、潰《つい》えるまで。

五十年の時を経て、今までのほの暗い感情を全て洗い流すかのように。ラドラリーはただ、泣き続ける。

そんな彼女を見て、ルバムは檻《おり》の中で微笑《ほほえ》んでいた。呪形《カーズドール》の目の下に何かの軌跡が生まれているように見えたのは、ジンの目の錯覚なのだろうか。

ついに分かり合えた悪魔の兄妹を見たジンも、一筋の涙を流していた。

二人の悪魔から、蝋燭《ろうそく》の明かりのように温かな感情が伝わってくる。

飾ることなく思いをぶつけ合う悪魔の兄妹の在り方が、ジンは羨ましかった。

檻に背を預けて座り込み、ラドラリーはジンのことを見上げている。彼女の顔色は悪く、息も絶え絶えであった。

咳《せ》き込《こ》みながら、ラドラリーが口からなにかを吐き出した。床に散らばるそれは、彼女を封印していた呪形《カーズドール》の六つのパーツ。

「返してくれるのか？」

「今のは……私の意思じゃない」

ラドラリーが袖で口元を拭《ぬぐ》う。

「お前のせいで強く暗い感情を失った私は、力の大半を失った。今の私じゃ、そんな魔力の塊をうちにしまっておくことができない。だから、自然と排出されただけだろう」

ラドラリーが満足そうな笑みを目に湛《たた》え、呪形《カーズドール》のパーツを顎でさす。

「お前の勝ちだ。ジン・ルイガ。私にはもう未練はない。ほら、さっさと封印しろ」

「俺は……」

ジンは、ラドラリーを見下ろしながらこう溢《こぼ》す。

「お前らのことを好きになってしまった」

虚を突かれたラドラリーの顔から、表情が消える。

「でも、アインの体は取り戻させてもらう。だから、ラドラリー。お前は封印する」

「……はぁ。最後まで変なやつだなお前は。好きにしろ」

ラドラリーは、側頭部を掻《か》きながらなにかを言い淀《いよど》んでいるようであった。だが、結局口にすることにしたようで、恥ずかしそうに視線を下に向けながら言う。

「ありがとうな。ジン・ルイガ」

「ああ……。……え？」

不意に悪魔に礼を言われ、ジンは面食らう。

「別に、俺は話を聞いただけだ。凄《すご》いのは、お前ら兄妹だよ」

「私たちの本音を引き出したのはお前だろ。だから、感謝してる」

ラドラリーは満足そうに眉を下げる。

床に散らばったパーツを拾い集め、慣れた手つきで縫合を始めるジン。本来であれば、呪形《カーズドール》の解体や縫合を普通の道具で行えば必ず呪いが返ってくる。たとえ、清められた呪《ブリ》解器《ドーガ》を使用したとしても、国中から力を集めたラドラリーの呪形《カーズドール》の縫合を行えば、少なからず呪いの影響を受けるはずだ。

しかしジンは、ごく普通の裁縫セットでラドラリーの呪形《カーズドール》の縫合を行っている。

彼の異常なまでの呪いへの耐性に、ラドラリーは驚嘆すると同時、納得もした。呪形《カーズドール》を扱うジンの優しい手つきを見て、この男は呪形《カーズドール》であろうと偏見をもたず、恐怖を抱かず、普通の人形と同じように接しているのだと、そう思ったのだ。

ジンが呪形《カーズドール》の縫合のほとんどを終える。あとは首と胴体を繋《つな》ぐ糸の、玉止めした先を糸切りバサミで切るだけだ。

糸に刃をあてがい、ジンがラドラリーに訊《たず》ねる。

「最後にお前に訊《き》きたいことがある。俺とアインがお前と交わした契約についてだ」

「それは、お前の妹がよく知っている。この体に訊け」

ラドラリーが嘘《うそ》を吐《つ》いている気配はなかった。

「お前もたまには人間に……妹に向き合ってやれ、ジン・ルイガ」

ラドラリーが手を伸ばし、ジンの手を握り込んだ。力が加えられたジンの右手の中の糸切りバサミが、糸を――ラドラリーとアインを繋いでいた魔力の糸を、断ち切る。

瞑目《めいもく》して呪形《カーズドール》に触れながら、ジンはゲルドリオに教わった封印のための祈りを唱える。

「――神よ。悩み惑う我に光ある道をお示しください。海に生命が絶えぬよう、空に星が絶えぬよう、我は祈りを捧《ささ》げます。悪《あ》しき魔に抗《あらが》うため、少しだけ御《お》力をお借りします。

……どうか、依《よ》り代《しろ》の彼女に安寧の日々をお約束ください」

言い終わり、ジンが目を開ける。悪魔の封印は初めて行ったが、ラドラリーの魔力がアインの体から、教会から、国から、少しずつ呪形《カーズドール》に移動する感覚がある。どうやら成功したようだ。

「ラドラリー。お前の呪形《カーズドール》、ルバムさんの隣に飾れないか掛け合ってやるよ」

朦朧《もうろう》とする意識の中、ラドラリーは言葉を紡ぐ。

「……はは。最後までお前はお人好《ひとよ》し……。いや、お人形好《よ》しだな。ジン・ルイガ」

眩《まぶ》しそうに目を細めるラドラリー。

「ありがとうな」

悪魔は、兄と和解するきっかけをくれた人間に最後にもう一度礼を言い。

その意識は、再び呪形《カーズドール》の中に閉じ込められた。

緊張から解き放たれたジンがその場に座り込む。

アインを膝の上に寝かせ、目を閉じる彼女の頭を優しく撫《な》でる。

ラドラリーの封印は終わった。全力は尽くした。

アインの心臓は動いている。しかしそれでも、アインは目覚めない。

彼女の頬《ほお》で、雫《しずく》が弾《はじ》ける。

「戻ってこい、アイン……」

雨垂《だ》れのようなリズムを刻むジンの涙で、眠気を削《そ》がれでもしたのだろうか……。

「──ん」

微《かす》かに瞼《まぶた》を上げ、笑ってみせた彼女のその表情は。

「おはよう、兄さん」

ジンのよく知る、アインの微笑《ほほえ》みであった。

ぐったりとするアインに肩を貸しながらジンが部屋を出る。

アインとともに無事に帰還したジンを見て、外で待っていた三人の内、ポーラとカロは驚愕《きょうがく》を表情に浮かべたまま固まってしまい、ゲルドリオは。

「よくやったな、ジン坊……！　そして、おかえりアイン嬢」

心から二人を称《たた》え、それから嬉《うれ》しそうに高笑いを始める。

ラドラリーが封印された影響か、三人の人形化は元に戻っていた。

しかし、アインの体の半分はまだ人形のままだ。

○

ゲルドリオとポーラがラドラリーの二段階目の封印を行い、そのサポートをカロが行った。悪魔を封じるのは人形の役割であり、鳥籠や檻《おり》は悪魔の魔力を抑える効果がある。

ラドラリーの呪形《カースドール》をルバムの呪形《カースドール》の横に置いてほしいというジンの提案は、ポーラとカロが反対した。だが、あの二人は近くに置いておいた方が大人しいだろうという結論に至り、カロもその方が監視をしやすいと納得したのだった。

再び鳥籠に入れられたラドラリーをルバムがいる檻の中に入れ、更なる封印が行われる。

その間、ジンとアインは広間の同じ椅子に座り、その作業を待っていた。

首の綿に付いたパーツを失ったベヤは、二人の間にちょこんと腰を下ろしている。ベヤの頭の角はジンが切り離し、ラドラリーの呪形《カーズドール》の右手にさしこんだ。しかし、ベヤの角はすぐに再生してしまったのだった。

「助けてくれてありがとう。……あの、私、兄さんに言いたいことがあるんだけど」

いつもよりも低いトーンでアインがそう言った。彼女はなぜか、むすりとした表情で視線を下に落としている。

アインがなにを考えているのか、なにを思っているのか、ジンにはわからない。

体が半分人形になっているのに、どうしてアインの感情がわからないのかと考えるが、ジンはすぐにある考えに思い至る。どれだけその姿が変わろうとも、ジンはアインを――妹のことを、人間だと思っているからなのだろう。

「ああ。だがその前に、俺から言いたいことがある」

アインの言葉を遮り、ジンは先に、自分の秘めた思いを伝える決心をする。

「リクとリクのお母さんのパーツを回収した後に、俺が言おうとしてたことだ」

「……なに？」

アインから向けられる、人間の左目と、人形の右目。

両親が生き返っていない現状、ラドラリーが叶《かな》えた願いはほかにあるだろうとジンは考えた。

「お前の体が代償によって変わったという以外の可能性を考えてみたんだ。例えばだが……その体は、代償じゃなくて願いによって変じたんじゃないかって」

ジンの目線は、アインの右のグラスアイに吸い込まれてしまう。そうでないと未《いま》だにジンは、妹の顔を見て話すことができない。

その視線に気が付いたアインが、唇を引き結んで下を向く。

ジンは、ずっとアインとの距離感について悩んできた。彼女の幸せを思い、距離を置いた。だが、アインの気遣いを無視して彼女を傷つけてきたのは事実。それに、その罪悪感でジンの心も荒《すさ》んでいった。

ジンだって、妹のアインと昔のように楽しく話せるのならそうしたかった。

怪訝《けげん》そうに自分を見るアインに、ジンは自身の思いを正直に伝える。

「代償はまだわからないが、ラドラリーと契約をしたのはたぶん俺だ。そして、俺が願ったのは、父さんと母さんの蘇生《そせい》じゃなかった」

ジンは少しだけ気恥ずかしそうな顔で、アインに向かってこう言った。

「お前の体が半分人形になったのは……。俺がラドラリーにそう願ったからだろう」

両目を広げながらも、アインはその言葉を否定せず、肯定もしなかった。

ジンは、人形に変じたアインを自然と目で追ってしまうことに気が付いていた。彼女のことを、美しいと思っていた。だから、こう考えた。

今のアインの体は、自分が望んだ姿なのではないのかと。

「たぶん俺は、お前と話すためだけにラドラリーにそう願ったんだ。お前が人形になれば、昔みたいに話せると思ったから……。契約時の詳しい記憶はないが、俺の真意を見抜いたラドラリーが、勝手に俺の本心からの願いを叶《かな》え――」

「違うッ！」

水を打ったような静寂が訪れる。

アインに強く言い放たれ、ジンは二の句が継げない。

「兄さんはなにもわかってない。私のことも、兄さん自身のことも！　兄さんが、私と話すためだけにそんな願いを抱くわけない。兄さんはそこまで私に興味を持ってない！」

アインが下唇を噛《か》みしめながら、言葉を、思いを。次々と吐き出していく。

「そんな、ことは……」

言葉に詰まるジンを、アインが強く睨《にら》んだ。彼女の顔は上気し、目には涙が浮かぶ。

「私を救ってくれて、本当にありがとう。……でも、でもね……」

大きく息を吸ってからジンのことを指さし――。

アインは目を剥《む》き、ジンでさえも聞いたことのないような大声を教会内に響かせた。

「――人形とばっかじゃなく、妹の私とも向き合おうとしてよ、バカぁ――ッッ！」

びしりと、ジンの心に亀裂が入った音がした。

動揺するジンに構わず、怒りながら涙を流し、アインは兄に食ってかかる。

「我慢してたけど……もう……もう無理だよ！」

アインはジンに見せたことのないような顔で、口調で、自分の思いの丈をぶつける。

「なんで兄さんは……ッ！　私じゃなくて人形とばっかり話そうとするの!?　人形だけじゃないよ！　人形憑き《ドーラー》も悪魔も……！　兄さん、人形趣味《ドールマニア》じゃなくて人外マニアなんじゃないッ!?」

「い、いや……っ！」

思いもよらないことを言われ、ジンの頬《ほお》が紅潮する。

「ちが……違う！　そんなこと、ない……はずだ！」

「歯切れ悪！　キモい！」

「キ、キモい!?」

軽蔑するように、アインが目を細めた。

まさかまだ、ラドラリーがアインの中にいるのではないか。

「どうして……!?　一番近くにいるのは私なのに、どうして私には興味を持たないの？　私……兄さんが私と話しやすいように……」

そこで大きく息を吸い、アインが怒号を轟《とどろ》かせる。

「この体にな、なったのに！」

「……は？」

頭上に金槌《かなづち》を振り下ろされたような衝撃。

ジンの頭が白一色に侵されていく。

アインは至って真剣な顔で、ジンをまっすぐ見据えていた。

放心したまま、ジンはなんとか言葉を紡ぐ。

「なに、なに言って……」

ジンは震える指で彼女をさしながら、恐る恐るアインに訊《たず》ねる。

「お前の体が人形になったのは、代償じゃなく、お前がラドラリーに願ったから……？」

涙目のままに、アインがゆっくり頷《うなず》いた。

「えっと……？　なん……なんで」

自分が願うならまだしも、どうしてアインがそんな願いを？

頭を抱え、ジンが震える声を溢《こぼ》す。

「お前、どうして、そんなこと……」

「兄さんがめちゃくちゃな願いを叶《かな》えようとしたからだよ！」

手の甲で涙を拭《ぬぐ》うアイン。それでも、彼女の目からは絶えず雫《しずく》が溢《あふ》れ続ける。

「私は止めたのに、兄さんはお母さんとお父さんを生き返らせようとした。その願いが叶ったとしても、私たちの知ってる元の二人が戻ってくるはずもないのに。そんな願いのために、兄さんが大きな代償を払うことが私は許せなかった。でも、兄さんは私の言葉では止まらない。兄さんは私には興味ないから、私のことが嫌いだから。……だから私は」

そこでアインは虚空《こくう》を睨《にら》む。

「……花瓶で頭を殴って、兄さんの意識を奪ったの」

ジンの頭に、ラドラリーとの契約の際の記憶が蘇《よみがえ》る。

体に衝撃を受け、いつの間にか意識を失ったジン。目を覚ますと、辺りには割れた花瓶が転がり、頭部と体に痛みを感じていた。

「お、お前、めちゃくちゃなことするな……」

「そ、それは……私も兄さんを止めるのに精いっぱいで……。死なないようには力を調節したつもりだから……。ごめん」

素直に謝るアイン。彼女のその行動は、自分に代償を払わせないためであり、それ以上ジンは怒ることができない。

「私のせいで兄さんは気を失っていたから前後の記憶はないかもだけど。私はしっかり覚えてる。ラドラリーと契約をしたのは私。だから、悪魔を解放したことを兄さんが気に病む必要ないよ。全部、わがままな私のせいなんだから。……今まで言えなくて、ごめんなさい」

今の今までためこんでいた気持ちと言葉が一気に溢《あふ》れ、アインの息は荒くなっていた。

「どうしてだ？　お前がラドラリーと契約しなくても、そのまま無視するなり、放っとくなり、どこかに捨ててくるなりしておけばよかっただろ？　お前、俺が契約するのはあんなに嫌がってたのに」

「目が覚めたら兄さんはまたすぐに契約しようとすると思ったからだよ。どこかに隠しても、兄さんは絶対に呪形《カーズドール》を探しにいくと思ったし……」

アインの言う通り、彼女が無理やりにでも止めなければ、ジンはなにがなんでも呪形《カーズドール》で両親を生き返らせようとしていただろう。彼女は兄の代わりに悪魔を解き放ち、重い十字架を自分が背負うことにしたのだ。

「私が自分の願いを叶《かな》えた理由は兄さんと話したかったから……それだけだよ。私が人形になれば、兄さんの興味が私に向くと思った。兄さんが私と話しやすくなるかと思った。だから私は人形になった。だって兄さん、人形にしか心を開こうとしないんだもん！」

事の真相に、アインの本音に、ジンは愕然《がくぜん》とするほかない。

「私、寂しかったんだよ。お母さんとお父さんが死んで、兄さんと二人になった。悲しかったけど、私はそれでも耐えられた。兄さんがいるんだもん」

溜《た》め込《こ》まれたアインの感情が、少しずつ流れ落ちていく。

「二人はいなくなっちゃったけど……。私は昔みたいに兄さんと一緒に外で遊んだり、人形遊びしたり、話したりしたかった。でも、兄さんはどんどん変わっていった。人形にしか興味がなくなっていった。私は、兄さんに前を向いてほしかった。私にも興味を持ってほしかった。私たち、たった二人の家族なんだから……。助け合って、生きていきたかったんだよ……！」

アインがジンの胸を両手で優しく叩《たた》く。パッチワークの右手で、樹脂粘土製の左手で。そこに熱は籠っていないが、温かな思いは嫌というほど伝わってくる。

「なら、代償は？」

「それが、私もわからなくて……。ラドラリーは教えてくれなかった。体を人形にするのはオブリエでは簡単だから、気付かないほどに小さな代償なのか、無償だったのかな？まあ私の体は、単純な呪いとはまた別なのかもしれないけど」

「そうか……。代償は願いの大きさに比例するから、ありえるかもな。契約時には嘘《うそ》をつけないはずだから、ラドラリーは本当に代償を払わせていないのか、それか、お前の代償にはなにか秘密があるのかもな。体を元に戻すためには、代償の内容が鍵になるかもしれない」

言い、アインの左手の甲に浮かぶ呪印を見やるジン。

「……で、最後まで俺に自分が契約したことと、契約内容を隠していたのはなんでだ？」

「……ッ！　そんなの……」

顔を伏せ、小動物のように震えるアイン。

心配そうにジンが彼女を見下ろす。すると。

「──恥ずかしいからに決まってるでしょ──ッ!?」

叫びながら顔を上げたアインの頬《ほお》には、薄紅が咲いていた。

「はぁっ!?」

「いや！　どう考えても恥ずかしいでしょッ!?」

羞恥を掻《か》き消《け》すかのように、アインは目を瞑《つぶ》りながら両腕をぶんぶんと振っている。

「兄さんと話すためだけに悪魔と契約して人形になっちゃおうとするなんて！　ブラコンすぎるでしょ！　頭、メルヘンすぎるでしょ！　……本当はこんなこと、知られたくなかったのにッ！」

小さな子どものように騒ぐアインを、ジンはきょとんとした顔で見つめている。

「……でも、もういいや。思ってること吐き出して、ちょっとだけすっきりした」

アインのあまりにもまっすぐな気持ちが、分厚いジンの心の壁を溶かしていく。

湖面に生じる波紋のように。アインの言葉と気持ちが広がり、ジンに届き始める。

アインは、遠慮がちにジンに視線を送る。

「話せるようになったのは嬉《うれ》しいよ。でも、半分人形になってもまだ兄さんとの間に距離があるのは、納得いってないよ。他の人形憑き《ドーラー》には、ぐいぐい距離詰めてたじゃん」

アインは、目と喉を震わせる。

「……兄さん、私のこと、嫌い？」

アインのその言葉が、ジンの心の表面を撫《な》でる。

目を泣き腫らしたアインの頭に手を置こうとして、やめる。

その代わりにジンは、心の内側を見せてくれた妹に精一杯応えることに決めた。

「病的に人形が好きになって、暗くなって、人から嫌われるようになって……。こんなやつが兄だと、妹のアインも嫌われちゃうんじゃないかと思って、お前からは距離を置いていたんだ。……その、すまん」

「……。……え？」

ジンのその告白に唖然《あぜん》として、アインは大きく口を開けた。

何度も何度も瞬《まばた》きを行い、その度跳ねる涙を拭《ぬぐ》おうともしない。

「なにそれ？　そうなの？　え？　それだけ？」

「ああ」

「本当に？」

「本当に本当だ」

数秒の間固まるアイン。

「え、えっと。私のことが嫌い、とかじゃないの？」

緊張の面持ちでおずおずと訊《き》くアインに、ジンは。

「ああ。嫌いなわけないだろ、自分の妹のことを」

「………。なんっ……だぁ……。そっかぁ」

胸を撫で下ろすアイン。そのまま彼女はずるずると椅子からずり落ちていく。そうして、後頭部を椅子の上に置いた状態で体を固定した。

「うん。そっか。……なら。なら、いいんだ」

歪《いびつ》な恰好《かっこう》をしたまま安心したように笑うアインを見て、ジンは首を傾《かし》げるしかない。そんなことで悩んでいたのか？　と訊《たず》ねようとしたが、そんなことってなに！　と怒られる気しかしなかったため、ジンは自重した。

妙な沈黙が嫌で、ジンは気になっていたことをアインに訊ねる。

「そういやお前、どうして玄関先に呪形《カーズドール》が置いてあったのか、なにか知らないか？」

「ああ、あれ？　あれは、あの日私が拾ってきたやつをあそこに置いたんだよ」

「へぇ。……。は？」

なんでもないことのように言ったアインに、ジンが瞠目《どうもく》する。

「私、兄さんの気を引くためにに、たまに外で人形を探したりしてるんだよ」

「そうなのか？」

「ロイくんに告白されたあと、なんだかもやもやしちゃって。それで、ベヤちゃんを見つけた倉庫までいって見つけたのが、あの人形。兄さん好きそうだから持って帰ったの。見つけやすいように、こそっと玄関に置いといたんだ。……まさか本物の呪形《カースドール》とは思いもしなかったけどね……あはは。いやー、びっくりだよね」

「お前な……」

額に手を当て前髪を掻《か》き上《あ》げながら、ジンが苦く笑う。笑うしかなかった。

「俺の部屋の人形が知らないうちに増えてる気がしたのはお前が……」

「そうだよ。渡しても、素直に受け取らないと思ってたからね。私からの、秘密のプレゼントだよ」

嬉《うれ》しそうに目を細めるアイン。そんな彼女を、呆《あき》れたような表情で見つめるジン。

「お前はずっと俺の気を引こうとしてたのか？　……。お前……」

ジンは、特に深い意味を込めずにアインに質問をぶつける。

「そんなに俺のことが好きだったのか？」

「――!?」

兄の言葉に、急速に艶の良い林檎《りんご》のように赤くなるアイン。

「ちが……っ。……バーカ！　アホ！　アホーっ！　そんなわけないでしょ!?　いや、別に好きなのは好きだけど、それは兄さんだからで、変な意味ないからッ!?」

「いや……それはそうだろ。なんでそんなに動揺してるんだよ」

「兄さんが変なこと言うからでしょ!?」

怒りのままに、アインは人形パンチをジンの胸に食らわせる。

むせるジンに向かって、今度はアインが攻勢に出る。

「に、兄さんだって！　私の右目とか腕とか足とか！　人形の部分ばっかり見て……！

見られてるの全部気付いてるから！　あれ、キッッッショいからね!?」

「べ、別に見てないが!?」

言ってからすぐに、アインの黒ガラスの右目に視線を送ってしまい、ジンは急激に赤くなる。そんなジンを見て、アインはしたり顔を浮かべる。

「ほーら。今も見た。きも！　キモ！」

なぜか誇らしげに言うアインに、ジンが食い下がる。

「というかお前！　結局ロイと付き合ったのか？」

ジンは、無理やりに話を変えることにした。

「は？　付き合ってないから！　なに？　急に話変えないでくれる？」

「……ふーん」

「え？　なに？　安心してるの？」

「してないが？」

ジンの血管がぴくぴくと動く。

「あ、そういえばロイが言ってたっけなぁ。お前、隙があれば俺の話ばかりしてるって」

「は、はぁぁッ!?　別にしてないし！　ロイくんが嘘《うそ》ついたんじゃないの――!?」

真っ赤になりながら、アインが叫ぶ。

「というか、兄さん。ロイくんに私の好きなところドヤ顔で語ってたじゃん！　あれ、ちゃんと聞こえてたからね!?　めっちゃ私のこと好きじゃん！」

「う、グっ……!?　いやあれは、ロイの心を開くために言ったことで……」

「ふーん？　なら、嘘だったんだー？　へー？　嘘の割にはスラスラと私の好きなところ出てたけどねー？　容姿も性格もたくさん褒めてたよねー？　んー？」

腕を組みながらふんぞり返るアインに、ジンが再び攻勢に出る。

「と、というか、お前だってなぁ――」

「に、兄さんこそ――」

教会という神聖な場であることを忘れたのであろうか。それからも二人ののしり合いはしばらく続いた。

呪い、呪形《カーズドール》、悪魔――。様々な憂いが解かれた二人は、壁を隔てずに真っ向から衝突する。

数年分、たまりにたまった思いをぶつけあう兄妹の表情からは、少しずつ角が取れ始め、やがて二人は笑顔で涙を流す。

たった二人の兄妹は、泣きながら笑い合う。

しかしそれでも、しばらく口喧嘩《くちげんか》が収まることはなかった。


ぎゃいぎゃいと言い合いをする二人のことを、作業がひと段落したゲルドリオとポーラが陰から見守っていた。

「フハハ！　うっすらと話が聞こえてきたが、どうやら今回の元凶の一端はアイン嬢にあるようだな。やるな、アイン嬢！　やはり、ジン坊の妹なだけのことはある！」

「そうですねぇ」

高笑いするゲルドリオの横で、無表情のポーラが油粘土を弄《いじ》っている。

「ポ、ポーラ……油粘土を弄りながら上司と話すのはやめたまえ。大物すぎるぞ、君」

しかし、ポーラは謎の生物を生み出す手を止めない。

「今回私いいとこなしだったんで、いじけモード中です」

「ハハハ！　君は才はあるが、経験は浅いからな！　これからさ、これから！　まあ、僕が君くらいの年の頃は、もうバンバン活躍しまくっていたがな！　フクハハハっ！」

不意に、真面目《まじめ》な空気をまとったポーラが言う。

かったですね」

「でもまあ、私たちの知る限りですけど……今回は意外にも死者が出なかったみたいでよ
「うむ。ラドラリーは本当に兄と話したかっただけで、心の底から人間の不幸を望んでいたわけではなかったのだろう」

「そんな悪魔がいるんですね。私がラドラリーの立場なら、解体師《ブレイア》を絶滅させるまで死にきれないですけど」

「……君はたまにさらっと怖いことを言うね」

言いながらも、ポーラが悪魔に左腕を奪われた現場にいたゲルドリオは、彼女が本気でそう言っているであろうことを理解していた。

「ともかく。ラドラリーがもう一度封印され、僕たちの呪いは解けた。国中の人形憑き《ドーラー》になっていた人間も、今は元通りだろう」

「あとは、今回増えた呪形《カーズドール》の残骸を収集、浄化できれば、此度《こたび》の事件は終わりですかね」

「ああ。人形憑き《ドーラー》の破片は消えてなくなるが、呪形《カーズドール》はそうはいかない。被害の大きかったポナパドルの清掃が終わるのを待とう」

それにしても、と。ポーラがぼんやりとした表情で言う。

「あの二人が喧嘩《けんか》するなんて珍しいですね。あんなに仲悪かったでしたっけ?」

「恐らく逆だよポーラ。僕には、今の二人の方が以前よりも仲良しに見えるがね!」

「そうですか？　……ああ。まあ、確かによく言いますよね」

ぽりぽりと義手で頰《ほお》を搔《か》くポーラ。

思いをぶつけ合い、悲涙と歓涙を浮かべた目で微笑《ほほえ》みながらお互いの頰を引っ張り合う兄妹の姿が、ポーラの瞳に映りこむ。

「——喧嘩《けんか》するほど仲がいい、って」

エピローグ　解体師《プレイア》養成学校

一か月後。

今回の騒動の発端となったジンとアインには、解体師《プレイア》本部から厳重監視の命がゲルドリとポーラに下された。

ゲルドリオの思惑通り、解体師《プレイア》本部はジンとアインの有用性を示せと彼に告げた。これを受け、ゲルドリオは二人に解体師《プレイア》養成学校への編入を勧める。そこでなら、講師の目もあり、監視と二人の育成を同時に行うことができるとのことだ。

ゲルドリオが「言うことを聞かなければ解体師《プレイア》を辞めるぞ！」と脅し始めたため、解体師《プレイア》本部は渋々この提案を受け入れた。

解体師《プレイア》養成学校はその名の通り、解体師《プレイア》を目指す者のための小規模な専門学校である。

以前はゲルドリオとポーラがここに通っており、一時期は元解体師《プレイア》であるカロ神父が講師を務めていたこともある。

解体師《プレイア》は命がけの職業であるため、それを目指そうとする者は、悪魔や呪いによって大切な者を失った人間か、相当の変わり者だけだ。そのため、その生徒数は五十を下回る。

そんな場所への編入を、ジンとアインは即断即決で決めた。

契約により変わったアインの体は、ラドラリーを封印しても、元に戻らなかった。元に戻る方法を探しながら、アインは解体師《プレイア》を志すようになる。

ジンは、自分のために人形の体になった彼女の隣《い》にいてやりたいと強く思っていた。それに、人形師になるには養成学校での経験が活きるかもしれないという考えがあった。

――ちなみに。カロ神父の教会には、鍵のかかった部屋から話し声が聞こえるといった噂《うわさ》が流れ始め、カロはジンの提案を安請け合いしたことをすぐに後悔することとなる。

○

編入日当日。

夜よりも濃い、真っ黒なカソックを着たジンとアインは、解体師《プレイア》養成学校の職員室の前に立っている。この学校は廃校を再利用しており、歩く度に廊下が嫌な軋《きし》み方をした。

　特に厳しい校則はないようで、アインはベヤを頭の上に乗せている。ラドラリーの封印後もベヤは呪われたままだ。だがラドラリーの支配は完全に解けたようで、今ではジンとアインに従順な呪形《カーズドール》となっていた。

「なんでこんな……カソックだっけ。なんでこんなの着てこなきゃなんないの？」

「さあな。解体師《ブレイア》になる前に慣れておく必要があるんじゃないか？　編入日当日だけでいいみたいだし、明日《あした》からはなに着てもいいみたいだぞ」

「あー、助かる。てか、今夏だよ？　解体師《ブレイア》はいつもこんなの着て悪魔と戦ってるの？　邪魔臭くない？　夏はさすがにクールビズだよね？」

「編入する前から文句ばっかだな……」

　呆《あき》れたようにアインを見つめていると、職員室の扉が音を立てて開き、中からポーラが出てきた。彼女の目の下には濃い隈《くま》が生まれており、二人はぎょっとした。

「お久しぶりです。あ、私のことはお気になさらず。本部とここを往復したり、ゲルドリオさんに連れ回されたりしてるだけで、平常運転なので」

　虚《うつ》ろな目のポーラに、ジンが問いかける。

「そのゲルドリオさんは、今はなにを？」

「あの人なら、隣国で姿をくらました、上級悪魔が封じられた呪形《カーズドール》の行方《ゆくえ》を追っています。

ゲルドリオさん、また二人と一緒に仕事できる日を楽しみにしてますよ」

その言葉に、ジンとアインは顔を合わせて微笑《ほほえ》んだ。

ポーラに誘《いざな》われ、ジンとアインは編入先のクラスへと案内される。

どうやら現在クラスは一つのようで、二人は同じクラスに通うことになったのだった。

教室を前にし、ジンが青ざめた顔で自分の腹をさすりだす。

「解体師《ブレイア》を目指すくらいだから、ゲルドリオさんみたいな変な人がいっぱいいるんだろうな……。怖い、帰りたい、腹痛くなってきた。人じゃなくて人形に包まれたい……」

「もう！　兄さん、初日からそんなんでどうするの！」

そんなやり取りをする兄妹に、ポーラが声をかける。

「それじゃ、心の準備はいいですか？」

教室の横開きの扉が、ポーラによって開けられる。

扉の先から溢《あふ》れ出《で》る無限の可能性に、ジンとアインは同時に息を呑《の》む。

しかしジンは、これからの新たなる人生よりも、昔のようにアインと肩を並べられている今このときを、一番嬉《うれ》しく思っていた。

人形が嫌われるこの国で、ジンは人形がないと生きていけない。

人間が嫌いで、対話を拒否し続けてきた。

この時世で、ジンほど生き辛《づら》い人間はいない。だが、そんな自分を受け入れてくれる場所があった。そのことに驚きつつ、感謝していた。

それでもジンは、一人ではこの学校でも上手《うま》く生きてはいけないだろう。

だが、ジンの隣にはアインがいる。お互いの気持ちを伝え合い、分かり合った彼女となら、どんな問題でも乗り越えていけるはず。

人の心に耳を傾けること。自分の気持ちを伝えること。その重要性を教えてくれたのは、たった一人の大事な妹、アインだ。

じっと顔を見つめてくる兄の視線を感じ取ったアインが、むっと頬《ほお》を膨らませる。

「な、なに？　また私の右目ばっかり見て……」

そこまで言って、兄の瞳が自分の左目——人間のままの目に注がれていることに気が付いた。

何年ぶりだろうか。

本当の意味で兄と目が合ったのは。

穢《けが》れのない蒼天《そうてん》のようなアインの碧眼《へきがん》を、柔らかな微笑で覗《のぞ》き込《こ》むジン。

「ガラスじゃなくても、とても綺麗《きれい》な目だ。お前の体、絶対元に戻そうな」

「！　うん……！」

これから、別の人生を始めるために。

人間の兄と半人形の妹は、教室に向かって横一列で新たなる一歩を踏み出した。

あとがき

初めまして。本作にてデビューさせていただく運びとなりました雨谷夏木《あまやなつき》と申します。ここまで読んでくださり、本当にありがとうございます。どこか一か所だけでも良いなと思ってくださった部分があれば、とても嬉《うれ》しいです。

自分の周りには当たり前のように常に物語があり、物語に生かされてきたと言っても過言ではありません。小説や漫画や映画をはじめとして、イラストや音楽にも物語は宿るものだと思っています。また、創作物に限らず、人、動物、物、自然に至るまで。ありとあらゆるものが物語を内包しています。

眩《まぶ》しく、目を瞑《つぶ》りたくなるほどに美しい物語に魅了されれば、自分で書きたくなってしまうのも必然だったのかもしれません。

そうしていつの日か筆を執り、十年以上、小説を書くという行為が人生の中心にふんぞり返って居座っていました。

苦難しつつもなんとかここまできたのですが、正直この文章を書いている今も、自分の本が出るという実感があまりありません。もっと上手《うま》くなれるよう、精進します。

少しだけ、本の内容にも触れます。

本作はゴシック・グロテスク・ダークポップな世界観を目指しました。今考えました。

主人公は人が苦手な少年ですが、自分も人との対話があまり得意ではないので、彼と一緒に成長していければと思います。

それでは、この場をお借りして謝辞を述べさせていただきます。

新人賞の選考を務めてくださった先生方、編集部の皆さま、この度は栄誉ある賞をくださり本当にありがとうございます。ご期待に応えられるよう、頑張ります。

イラストを担当してくださった、にもし様。作画カロリーの高いキャラのキャラデザとイラストを描いてくださり、申し訳ない気持ちと感謝の気持ちでいっぱいです。ありがとうございます。皆、とってもかわいいです。

担当編集様。毎回鋭いご指摘や、自分一人では思い付きそうもない案をくださりありがとうございます。これからもよろしくお願いいたします。

本の出版・販売に関わってくださった全ての皆さま、活動を支えてくれる家族や親族のみんな、活動を応援してくれた友人たち、前職の職場の皆さま、本当にありがとうございます。

まだまだ感謝を述べたりませんが、今回はこの辺りで筆を置きます。

では、またどこかでお会いできることを心より願っております。

「ファンレター、作品のご感想をお待ちしています」

あて先

〒102-0071　東京都千代田区富士見2-13-12
株式会社KADOKAWA　MF文庫J編集部気付
「雨谷夏木先生」係　「にもし先生」係

MF文庫J

妹は呪われし人形姫
人間を恐れる兄は、妹の呪いを解くため立ち上がる

2024年12月25日　初版発行

著者　雨谷夏木

発行者　山下直久

発行　株式会社 KADOKAWA
〒102-8177 東京都千代田区富士見2-13-3
0570-002-301（ナビダイヤル）

印刷　株式会社広済堂ネクスト

製本　株式会社広済堂ネクスト

Printed in Japan　ISBN 978-4-04-684339-5 C0193

◇◇◇

この作品は、第20回MF文庫Jライトノベル新人賞〈佳作〉受賞作品「ツギハギ事象の欠落人形」を改稿・改題したものです。

INFORMATION

探偵はもう、死んでいる。

好 評 発 売 中

著者：二語十　　イラスト：うみぼうず

《最優秀賞》受賞作。
これは探偵を失った助手の、終わりのその先の物語。